CAMINHANDO NO GELO

WERNER HERZOG

CAMINHANDO NO GELO

Munique-Paris
23-11 a 14-12-1974

Tradução de Lúcia Nagib

2ª edição

PAZ E TERRA

© by Carls Hanser
Verlag Munchen Wien, 1978

CIP-Brasil. Catalogação na fonte
Sindicato Nacional dos Editores de Livros, RJ.

H498c

Herzog, Werner, 1942-
 Caminhando no gelo/ Werner Herzog; tradução
de Lúcia Nagib. — São Paulo: Paz e Terra, 1ª edição 1982

ISBN 85-219-0762-1

Tradução de: Von Gehen is Eis.

1. Ficção alemã I. Título II. Série

82-0688
CDD-833
CDU-830-31

EDITORA PAZ E TERRA S/A
Rua do Triunfo, 177
Santa Ifigênia, São Paulo, SP — CEP 01212-010
Tel.: (011) 3337-8399
E-mail: vendas@pazeterra.com.br
Home page: www.pazeterra.com.br

2005
Impresso no Brasil / *Printed in Brazil*

Nota prévia

Em fins de novembro de 1974, um amigo de Paris me telefonou, dizendo que Lotte Eisner estava muito doente, à beira da morte. Não pode ser, eu disse. Não agora. O cinema alemão ainda não pode ficar sem ela, não devemos deixá-la morrer. Peguei um casaco, uma bússola e uma sacola com o indispensável. Minhas botas estavam tão sólidas e novas, que me inspiravam confiança. Pus-me a caminho de Paris pela rota mais curta, na certeza de que ela viveria se eu fosse encontrá-la a pé. Além disso, tinha vontade de ficar só.

O que escrevi pelo caminho não deveria ser publicado. Agora, quase quatro anos depois, ao reler esse caderninho de notas, fui tomado de uma estranha emoção, e o desejo de mostrá-lo venceu minha timidez de desnudar-me assim aos olhos dos outros. Apenas algumas passagens muito íntimas foram suprimidas.

W.H.

Delft, Holanda, 24 de maio de 1978

Sábado, 23.11.74

Mal completei quinhentos metros, fiz minha primeira parada, no hospital de Pasing. Dali, queria bifurcar para oeste. Com a bússola, tentei descobrir a direção de Paris, agora sei qual é. Achternbusch saltou de uma Kombi em marcha e nada lhe aconteceu. Logo depois, saltou novamente e quebrou a perna. Agora está internado na enfermaria cinco.

O problema vai ser o Lech, eu lhe disse, pois há muito poucas pontes sobre ele. Será que um ribeirinho me levaria de barco? Herbert tira minha sorte com cartas minúsculas, do tamanho da unha de um polegar, duas fileiras de cinco, mas não consegue interpretá-las, pois não acha o folheto explicativo. Entre elas estão *The Devil* e, na segunda fileira, *The Hanged Man*, enforcado de ponta-cabeça.

Sol, como num dia de primavera, eis a surpresa. Como sair de Munique? De que se ocupam os homens? *Trailers,* carros trombados à venda, os lava-rápido? As reflexões sobre mim levam-me a uma descoberta: o resto do mundo rima consigo mesmo.

Um único pensamento domina tudo: sair daqui. As pessoas me dão medo. A Eisnerin[1] não pode morrer, não vai morrer, não permitirei. Não vai morrer, não vai. Não agora, não tem o direito. Não, agora ela não morrerá, porque não. Meus passos vão firmes. Até a terra treme. Quando caminho, é um bisão que caminha. Quando paro, uma montanha descansa. Por Deus! Ela não pode. Não vai morrer. Quando eu chegar a Paris, ela estará viva. Não será de outro modo, porque não pode ser. Ela não pode morrer. Mais tarde, talvez, quando permitirmos.

Num campo lamacento, um homem agarra uma mulher. O capim está amassado e sujo.

A barriga da perna direita pode me causar problemas e talvez também a bota esquerda, no bico. Tanta coisa passa pela cabeça de quem caminha. O cérebro vira uma fera. Quase acontece um acidente, bem à minha frente. Tenho paixão por mapas. Vai começar o futebol: no gramado batido, traçam o meio de campo. Bandeiras do Bayern na estação de Aubing (Germering?). O trem deixou atrás de si um redemoi-

---

1. NT.: Era como Bertolt Brecht chamava sua amiga Lotte Eisner.

nho de papéis secos, que rodopiou ainda por muito tempo, depois que ele desapareceu. Na minha mão sentia ainda a pequenina mão do meu filhinho, aquela estranha mãozinha, cujo polegar se deixa dobrar contra o punho de maneira tão singular. Fiquei olhando o redemoinho de papéis, e o coração quis se partir. Aproximam-se devagar as duas horas.

Germering, a taberna, crianças fazem a primeira comunhão. Uma banda de sopro, a garçonete traz as tortas e os fregueses querem tirar uma casquinha. Ruas romanas, trincheiras celtas, a imaginação trabalha à solta. Tarde de sábado, mães com os filhos. Como olhar as brincadeiras de criança? Não como um filme. A gente teria que usar binóculos.

Tudo isso é muito novo, um novo pedaço de vida. Há pouco eu estava numa ponte, lá embaixo, um trecho da rodovia para Augsburg. Quando passo de carro, vejo às vezes pessoas sobre a ponte que param e olham; agora eu sou uma delas. A segunda cerveja já me amolece as pernas. Um garoto pendura um cartaz de papelão com um barbante, cujas pontas prega com durex em duas mesas. Os fregueses gritam: "desvio". "Quem vocês pensam que são?", diz a garçonete, e a música recomeça altíssima. Bem que os fregueses gostariam de ver o garoto meter a mão sob a saia da garçonete, mas ele não ousa.

Só acreditaria nisso tudo se fosse um filme.

Nem quero saber onde vou dormir. Um homem de *jeans* de couro brilhante caminha para o leste.

"Catarina", grita a garçonete, segurando uma bandeja de pudins na altura das coxas; vejo que ela grita para o sul, pois venho reparando nisso. "Valente", retruca um dos fregueses. Toda a mesa se diverte. Um homem perto de mim, com cara de camponês, aparece de repente de avental verde, como se fosse o taberneiro. Devagar me embriago. Uma mesa próxima me irrita cada vez mais: xícaras de café, pratos, tortas, e ninguém sentado. Por que não há ninguém? Os cristais de sal daqueles *brezen*[2] me provocam um tal entusiasmo, que nem sei dizer. De repente, todo mundo no bar olha para a mesma direção, sem razão alguma. Depois de caminhar esses poucos quilômetros, sinto que não estou em juízo perfeito. Essa sensação vem da sola dos pés. Quem não tem comichão na língua, tem nos pés. Lembro que diante da taberna havia um homem esquelético numa cadeira de rodas; não era paralítico, mas débil mental, e uma mulher que já esqueci o empurrava. As lâmpadas estão penduradas numa canga de boi. Na neve, atrás do são-bernardo, quase topei com um veado; quem imaginaria encontrar caça por aqui? E que caça graúda! Os vales me fazem pensar em trutas. A tropa, poderia eu dizer, a tropa avançou, a tropa está cansada, basta por hoje. O garçom de avental verde, pelo jeito que mete o nariz no cardápio, deve estar quase cego. Não pode ser um camponês, pois está quase cego. É o taberneiro, sim. Acendem a luz aqui, isso significa que o dia

---

2. NT.: *Brezel:* rosquinha muito comum na Alemanha.

lá fora vai terminando. Espremida entre dois adultos, uma criança de japona, incrivelmente triste, toma uma coca-cola. Palmas para a banda. "Terminou bem, tudo bem", diz o taberneiro, rompendo o silêncio.

Lá fora, no frio, as primeiras vacas, é comovente. Numa laje de cimento, ao redor do esterco fumegante, duas meninas de patins. Um gato preto retinto. Dois italianos empurram juntos uma bicicleta. Esse cheiro forte de mato! Os corvos voam para o leste, atrás deles, o sol, bem baixo. Campos encharcados, florestas, muita gente a pé. Um cão pastor atrás da fumaça de seu focinho. Alling: cinco quilômetros. Pela primeira vez, medo de carros. No capim queimaram revistas. Barulho, parece que soam os sinos nas torres. Neblina baixando, cerração. Hesito entre os campos. Jovens camponeses passam zunindo com suas motonetas. Bem à direita, no horizonte, uma infinidade de carros, a partida de futebol ainda não acabou. Ouço os corvos, mas a recusa se afirma em mim: não olhar para cima de jeito nenhum! Podem grasnar! Não lhes concederei sequer um olhar, meus olhos não se levantarão desta folha! Não e não! Podem grasnar, os corvos! Não olharei para eles agora! No capim, uma luva encharcada de chuva; água fria empoçada no rastro do trator. Os adolescentes de motoneta seguem em sincronia para a morte. Lembro-me das beterrabas por colher, mas juro que não há uma só beterraba por aqui. Um trator gigante, ameaçador, aproxima-se de mim, quer passar sobre mim, quer me esmagar, mas resisto. Perto, uma embalagem de isopor em pedaços me reanima. Ouço conversas vindas de longe, além do terreno arado. Negro e imóvel, o bosque. A lua, translúcida, está meio à esquerda de mim, portanto ao sul. Monomotores, voando por toda parte, aproveitam o fim do dia enquanto o espírito das trevas não vem. Mais dez passos: o espírito das trevas vem no dia de São Nunca. No lugar onde estou há uma estaca de demarcação arrancada, preta e laranja, com a ponta indicando nordeste. Perto da floresta, vultos tranqüilos com seus cães. Na região que atravesso, a raiva domina. Se eu estivesse nesse avião que passa silencioso sobre mim, em uma hora e meia chegaria a Paris. Quem estará cortando árvores? Será um relógio soando? Mas agora, prosseguir.

Vê-se no rosto o quanto nos tornamos parecidos com os carros em que andamos. A tropa descansa, com a perna esquerda num monte de folhas podres. "Ameixa" não me sai da cabeça, penso na palavra: a palavra ameixa. Mas em vez disso vejo uma roda de bicicleta sem pneu, com corações vermelhos pintados. Nesta curva, percebo pelas marcas no chão que alguns carros erraram o caminho. Passo por um albergue rústico, grande como um quartel. Ali há um cão, um monstro, um bezerro. Percebo, logo que vai me atacar, mas por sorte uma porta se abre e o bezerro entra silenciosamente. Cascalho me vem à mente, depois sob os pés; à frente, vê-se a terra mover. As menores de minissaia preparam-se para montar na garupa dos menores de motoneta. Deixo uma família me ultrapassar, a filha se chama Esther. Um milharal ainda em pé, cor de cinza no inverno, crepitante, mas não há vento. É um campo chamado morte. Encontrei no chão um pedaço de papel pautado, todo úmido, e o apanhei ansioso para ver se havia alguma coisa escrita no lado voltado para a terra molhada. Sim, AQUILO estaria escrito. Agora, diante da folha em branco, nenhuma decepção.

Na fazenda dos Döttel, já fecharam tudo. À beira do caminho, um engradado com garrafas, de cerveja vazias espera a coleta. Se o cão pastor, minto: o lobo!, não tivesse tanta sede do meu sangue, esta noite eu me contentaria com a cama de palha de sua casinha. Uma bicicleta se aproxima e, a cada volta completa da roda, o pedal raspa no protetor da corrente. Seguem a meu lado as grades de proteção e, por cima, os fios elétricos. Ouço agora o zunido da alta tensão. Essa colina não é nada convidativa. Bem a meus pés, uma aldeia mergulhada em suas próprias luzes. À direita, quase silenciosa, mas deve ser uma estrada movimentada. Cones de luz que se movem sem ruído.

Que susto quando me enfiei numa capela na entrada de Alling! Talvez dormisse lá, mas dei com uma mulher rezando, com um são-bernardo do lado. Os dois ciprestes lá fora fizeram o medo atravessar meu corpo e me tirar o chão debaixo dos pés. Em Alling, nenhum albergue aberto. Rondei um cemitério sombrio, depois um campo de futebol, depois uma casa em construção, cujas janelas estavam completamente vedadas com folhas de plástico. Alguém notou minha presença. Na saída de Alling, um aglomerado: casebres de turfa, suponho. Espanto os melros de uma sebe; um bando em pânico voou diante de mim na escuridão. A curiosidade me conduz ao lugar certo: uma casa de veraneio com jardim fechado e laguinho com uma pequena ponte. A casa está trancada. Faço tudo do jeito simples que Joschi me ensinou. Um, arrombar a porta da janela; dois, espatifar a vidraça; três, entrar. No cômodo, um banco de canto e grossas velas ornamentais, mas que acendem. Não há cama, em compensação um tapete macio, duas almofadas e uma garrafa de cerveja ainda cheia. Um sinete de cera vermelha no canto. Uma toalha de mesa com motivos modernos, do começo dos anos 1950. Sobre ela, um jogo de palavras cruzadas, do qual, com o maior esforço, conseguiram resolver um décimo — os rabiscos na margem indicam que o vocabulário do jogador terminou aí. Ele matou: "proteção para a cabeça?" — chapéu. "Vinho espumante?" — champanha. "Aparelho audiofônico?" — telefone. Resolvo o resto e deixo em cima da mesa como recordação. Um lugar maravilhoso, longe de qualquer perigo. Ah, sim: "ovalado, arredondado?" Vertical, quatro letras, terminando com o "L" de "telefone", na horizontal. Esta ficou sem solução, mas circundaram várias vezes com esferográfica a casa da primeira letra. Por muito tempo ocupou meu pensamento a imagem de uma mulher dentro da noite, passando com uma tigela de leite pela rua da aldeia. Meus pés estão bem. Será que há trutas no lago?

Domingo, 24.11.74

Lá fora, neblina, tão glacial que me faltam palavras para descrever. No lago flutua uma película de gelo. Os pássaros despertam, ruídos. Na pequena ponte, meus passos soam ocos. Enxuguei o rosto com uma toalha que encontrei na casa. Tinha um cheiro tão forte de suor, que me deixou impregnado para o resto do dia. Sempre o mesmo problema com as botas. Não deviam apertar, mas ainda estão muito novas. Coloco nelas um pedaço de esponja e, ao andar, sou cauteloso como um bicho, acho até que estou pensando como um bicho. Dentro da casa, ao lado da porta, havia uma campainha: três sininhos de cabra juntos, com um badalo no meio e uma borla para puxar. Minha refeição: dois Nuts.[3] Talvez chegue

---

3. NT.: Nome de um chocolate em tablete.

ao Lech ainda hoje. Um bando de gralhas me acompanha no nevoeiro. Um camponês transporta esterco no domingo. Grasnidos na neblina. O trator deixou rastros profundos. Beterrabas lamacentas formam uma montanha enorme e achatada no meio de um pátio. Angerhof: me perdi. Através da neblina, os sinos de inúmeras aldeias anunciam juntos o domingo; a missa já vai começar. Nove horas.

Colinas místicas na névoa: são beterrabas amontoadas ao longo do caminho de terra. Um cão rouco. Penso em Schrang, enquanto corto um pedaço de beterraba para comer. O suco espumava bastante, me parece, o gosto que sinto traz essa lembrança. Holzhausen: surge a estrada. Na primeira fazenda, um plástico preso com pneus velhos cobre a colheita. Quem caminha, passa por uma porção de coisas jogadas.

Pequena pausa perto de Schöngeising, à beira do Amper. Os terrenos se confundem, prados junto às matas e, em toda a extensão, atalaias de caça. De uma delas, vê-se Schöngeising inteira. A névoa se desfaz, vêm os gaios. Ontem à noite, na casa, mijei numa bota velha de borracha. Um caçador, junto com outro caçador, me perguntou o que estava fazendo lá em cima. Respondi que seu cachorro era mais simpático do que ele.

Wildenroth. "Estalagem do Velho Estalajadeiro". Segui o Amper; casinhas de veraneio vazias, hibernando. Um senhor numa nuvem de fumaça punha comida num cochinho de melharucos, junto a um pinheiro ornamental. A fumaça vinha da chaminé. Eu o cumprimentei e quase perguntei se tinha café no fogo. Na entrada da aldeia, vi uma velhinha de pernas tortas, com cara de demente, empurrando uma bicicleta e distribuindo o *Bild am Sonntag*.[4] Aproximava-se das casas como do inimigo. Uma criança tenta jogar pega-varetas com canudinhos de plástico. A garçonete também estava comendo, chega mastigando.

No canto onde estou, penduraram um arreio de cavalo e nele um lampião vermelho, como iluminação. Em cima, um alto-falante de onde se ouve "Hollereide, meu belo Tirol", com cítara ao fundo.

Vem um vapor frio da terra arada. Absortos em sua conversa, dois negros caminhavam à minha frente com aquele jogo de mãos bem característico dos africanos. Em nenhum momento perceberam que eu vinha atrás. O maior desconsolo era ver *outdoors* de *Hot Gun Western City* aqui, em plena floresta, tudo deserto, frio, vazio. Um trem que nunca mais andará. O caminho vai ser longo.

Por quilômetros e quilômetros, nos campos ao longo de uma rodovia, segui duas lindas camponesinhas, uma delas de bolsa e minissaia. Caminhavam mais devagar do que eu, e pouco a pouco as alcançava. Já tinham me visto de longe, viraram-se para frente, apertaram o passo e depois afrouxaram de novo. Somente à vista da aldeia se sentiram seguras.

---

4. NT.: Jornal hamburguês distribuído no domingo.

Acho que ficaram decepcionadas quando as ultrapassei. Uma fazenda junto ao povoado. Vi à distância uma velha de quatro que não conseguia ficar em pé. Pensei no começo que fazia como que trações sobre o solo, mas na verdade estava tão rígida que não podia se levantar. De quatro, ela se arrastava em direção a Hauseck, e atrás iam os seus. Hausen, perto de Geltendorf.

Aqui do alto, contemplo o campo, que se estende como uma pradaria sem fim. Em frente, Walteshauseu; um pouquinho à direita, um rebanho de ovelhas — ouço o pastor, mas não consigo vê-lo. Paisagem estática, desoladora. Bem longe, um homem atravessa os campos. Phillip escreveu palavras na areia para mim: mar, nuvens, sol e uma outra que inventou. Antes, nunca tinha pronunciado uma sílaba sequer. Em Pestenacker as pessoas parecem irreais. De novo a questão: onde dormir?

SEGUNDA-FEIRA, 25.11.74

    Noite perto de Bauerbach, num palheiro; a parte de baixo serve de abrigo para vacas, o chão de argila tem pegadas profundas. Em cima é passável, falta apenas luz. A noite foi longa, mas tive calor suficiente. Lá fora, juntam-se espessas nuvens anunciando tempestade, tudo cinza. Os tratores estão com os faróis acesos, embora já seja dia. Logo a uns cem passos, uma cruz e um banquinho. Que linda alvorada atrás de mim! As nuvens se rasgaram numa pequena brecha: sim, é um sol sangrento como este que nasce nos dias de batalha. Olmeiros magros e desfolhados, um corvo voa, embora lhe falte um quarto da asa. Vai chover. Ao redor, um belo gramado seco ondula com a aproximação da tempestade. Marcas de trator na terra, bem na frente do banco. Silêncio de morte na aldeia, como se, tendo cumprido sua tarefa, ela não quisesse mais despertar. Princípio de bolha nos dois calcanhares, sobretudo no direito; tomo todo o cuidado ao calçar as botas. Teria que ir até Schwabmünchen para arrumar curativos e dinheiro. As nuvens avançam em minha direção. Meu Deus, como a chuva encharcou a terra! Na fazenda atrás de mim, os perus gorgolejam alvoroçados.

À frente, Klosterlechfeld. Agora vejo que mesmo sem pontes o Lech não teria sido problema. O tipo de terreno me faz lembrar o Canadá. Quartéis, soldados em barracões de zinco, *bunkers* da Segunda Guerra Mundial. Um faisão levantou vôo a apenas um metro de mim. Chamas saindo de um barril de lata. Um ponto de ônibus abandonado, que as crianças pintaram com giz colorido. Uma chapa de plástico ficou toda ondulada com o vento. Afixaram um aviso que amanhã vai faltar força, mas não descubro nada elétrico num raio de cem metros. Chuva. Tratores. Os carros continuam com os faróis ligados.

Ventania e chuva furiosas do Lech a Schwabmünchen, não consegui ver nada além disso. Esperei uma eternidade no açougue, tive idéias assassinas. No restaurante, a garçonete compreendeu tudo apenas com um olhar, isso me fez bem, agora me sinto melhor. Lá fora, uma radiopatrulha e policiais, depois terei que dar uma boa volta para evitá-los. No banco, enquanto trocava minha nota graúda, tive a nítida sensação de que a moça da caixa ia acionar o alarma a qualquer momento; sei que eu sairia em disparada. Passei a manhã inteira com uma vontade louca de tomar leite. De agora em diante não tenho mais mapa. O que faz mais falta: uma lanterninha de bolso e esparadrapo.

Vi da janela, no telhado em frente, um corvo com o pescoço encolhido sem se mexer, debaixo da chuva. Muito tempo depois ainda estava lá, inerte, com frio, solitário, absorto em seus pensamentos de corvo. Tive por ele um sentimento fraternal e a solidão tomou conta do meu peito.

Granizo e ventania, já a primeira rajada quase me arrancou as pernas. A escuridão cobriu o bosque, logo vejo que a coisa não vai bem: esse negro aí em cima se transforma em neve. A estrada molhada reflete minha imagem. Há uma hora me vêm pequenas golfadas, suficientes para encher a boca; engoli o leite depressa demais. As vacas daqui desembestam quando menos se espera. Escondo-me no abrigo de madeira rústica de um ponto de ônibus, que por azar é aberto para o oeste, de maneira que entra neve até no cantinho onde estou. Com a ventania, a neve e a chuva, voam agora também as folhas, que se colam em mim e me cobrem inteiro. Sair daqui. Prosseguir.

Breve pausa num pedaço de bosque. Olho o vale e corto caminho, chapinhando no capim molhado — a estrada aqui dá uma grande volta. Mas que nevasca! Agora tudo se acalma, vou secando lentamente. Adiante, Mickenhausen, mas onde fica o diabo dessa cidade? Os abetos gotejam sobre o chão de agulhas. Minhas coxas soltam vapor como um cavalo. Os vales se aprofundam, a floresta cresce, tudo me é tão desconhecido! As aldeias se fazem de mortas quando me aproximo.

Quase chegando a Mickenhausen (Münster?), desviei um pouco para oeste, meio na intuição. As bolhas nos dois joanetes dão o que fazer, como pode doer uma caminhada! Um operário imóvel, pendurado numa correia em cima de um poste telegráfico, mediu-me descaradamente, a mim, o sofredor! Cachimbava, com o corpo largado na correia. Conforme passei capengando por baixo, ele parou de chupar o cachimbo e me seguiu longamente com os olhos. De repente estaquei, girei sobre os calcanhares e o encarei de volta. Vi então, no barranco atrás dele, uma caverna de boca escancarada, rugindo para o mar. Todos os rios se juntavam e desaguavam no mar, e o grotesco também se concentrava na costa, como em todo lugar da Terra. De repente cortam o ar silvos e gemidos estranhos, sobrenaturais: são os planadores voando em círculo sobre as encostas. Longe, na direção do nascente, retumbam tiros de canhão. Lá também, no cume de uma montanha enigmática e eternamente muda, como uma imensa orelha à escuta, uma estação de radar emite gritos que ecoam até nas profundezas do universo, mas que ninguém ouve. Não se sabe quem construiu a estação, quem a opera, para que serve. Será que o operário amarrado no poste tem algo a ver com isso? Por que me encara desse jeito? Várias vezes as nuvens cobrem a estação, depois se rasgam. Fico parado, olhando o sol poente. Os dias passam e a estação sempre imóvel, perscrutando os confins do universo. Uma vez, nos últimos dias da guerra, um avião jogou um aparelho de metal nos bosques montanhosos perto de Schrang. Uma bandeira aparecendo por cima das árvores indicava o local da queda. Nós, crianças, tínhamos certeza de que a bandeira pulava de galho em galho, que o misterioso objeto se movia. Uma noite, os homens foram até lá, mas quando voltaram, de madrugada, não quiseram contar nada do que tinham encontrado.

Linda paisagem de colinas, muita mata, silêncio. O aço guincha. No campo atrás de mim há uma cruz na qual se lê: "À tarde murcha pelo corte a flor que viça de manhã. Na terra sempre espreita a morte a vida tão robusta e sã. Meu Deus, eu peço por Jesus: na morte, dá-me a Tua Luz.[5] O tempo conduz à eternidade".

Notei que a estrada ia cada vez mais para o sul, isto é, para dentro dos campos. Kirchheim, depois contornei um bosque, já começa o crepúsculo. Obergessertshausen: não parei, pois logo escurece de vez. Arrasto-me mais do que ando. As pernas doem tanto, que mal posso colocar uma na frente da outra. Quanto medem um milhão de passos? Montanha acima em direção a Haselbach. Vejo algo na escuridão e me aproximo cambaleando: não passa de um estábulo imundo. A lama dá nos joelhos, no chão pisado de cascos. Já tenho quilos de torrão nos pés.

---
5. Reproduzimos, para estes versos, a tradução adotada pelo Prof. Berthold Zilly.

A seguir, no outeiro junto a Haselbach, duas casinhas de veraneio. Consigo arrombar a mais bonita sem quebrar nada. No interior, restos de uma farta refeição, pelo jeito recente. Um jogo de cartas, um copo de cerveja esvaziado, o calendário marcando novembro. Lá fora, a tempestade; aqui, os ratos. Como faz frio!

Terça-feira, 26.11.74

Agora ficou um pouco mais fácil, com o mapa da Shell que comprei em Kirchheim. À noite caiu uma tempestade brava, de manhã a neve ainda escorria em franja de todas as bordas. Chuva, neve e granizo são as ordens menores. Ao me aproximar, reparei que havia malhos e ancinhos nas paredes da casa, para dar um efeito rústico. E ainda bengalas cobertas de medalhas, ancinhos em cruz e uma folha de calendário com a *playmate* de setembro. Sobre a janela, fotos instantâneas da família, que me fizeram lembrar pessoas como Zef e Schinkel. O homem do posto de gasolina me pregou uns olhos tão incrédulos, que fui correndo ao banheiro, verificar no espelho se ainda tinha aparência humana. Que nada, quero rodopiar com a tempestade em volta do posto até criar asas. Hoje à noite, na próxima casa que invadir, serei o rei em seu castelo. Um despertador gasta a corda anunciando alto o fim dos fins. Lá fora, o vento revolve a floresta. Esta manhã afogou a noite em ondas frias e cinzas. Os maços de cigarro à beira do caminho me fascinam, principalmente quando não estão amarrotados: ficam inchados de água, parecendo cadáveres. As dobras se arredondam e o celofane se embaça com o vapor, que o frio condensa em gotículas de água.

E Lotte Eisner, como estará? Viva? Será que caminho bastante rápido? Acho que não. Esta terra é tão deserta, vejo aqui o mesmo abandono de outra vez, no Egito. Se algum dia eu chegar, ninguém ficará sabendo o que foi esta caminhada. Cargas pesadas rodam na chuva triste. Kirchberg — Hasberg — Loppenhausen, nada a dizer do lugar. No horizonte, no lado oeste, uma pequena colônia de barracas, tudo muito provisório, como se uma tribo de ciganos, sedentários a contragosto, tivesse se instalado ali. Meu olhar penetra a floresta. Os pinheiros se curvam uns sobre os outros, as gralhas voam contra a ventania e não saem do lugar. É uma cidade inteira construída sobre grandes espigas de milho, uma casa em cada espiga. As casas balançam majestosamente sobre as hastes gigantes, toda a cidade vai e vem. O açor sobre os pinheiros plana contra o vento sem avançar, depois sobe alto na vertical e se afasta. Um cabrito montês saltou para a estrada e escorregou no asfalto como num assoalho encerado. Faz muito frio, mais adiante já nevou, ainda há alguns flocos entre os ramos do capim rasteiro. Um galho atravessa uma árvore de um lado a outro, fico desconcertado, ainda mais com os latidos que vem de uma aldeia morta. Como gostaria de ver alguém ajoelhado diante das cruzes à beira do caminho! O dia inteiro os aviões passaram em vôo rasante sobre mim. Um desceu tão perto, que pensei enxergar a cara do piloto.

Kettershausen; até aqui, quantos obstáculos a vencer, sinto um grande esgotamento. A cabeça vazia. Não era um velho aposentado no sofá de couro da hospedaria, aquecendo sua cerveja no aquecedor? E o hospedeiro de cara vermelha, não estava à beira de um ataque apoplético? Já quase não entendo o dialeto daqui. Matzenhofen, Unterroth, Illertissen, Vöhringen.

Quarta-feira, 27.11.74

Vöhringen, pernoite numa hospedaria. Logo de manhã, comprei esparadrapo e álcool canforado para os pés. Lá fora cai uma nevada furiosa. Meu olhar acompanhou longamente a queda dos flocos. Vi passar um grupo de freiras e colegiais, ombros e cinturas enlaçados de forma ostensiva, como se quisessem mostrar que isso não tem nada demais e que as religiosas de hoje são abertas. Aquela alegria e aquela frivolidade pareciam absolutamente provocadas e cheiravam a hipocrisia. O decote profundo nas costas de uma freira deixava à mostra a tatuagem de uma águia, que ia de um ombro a outro. Depois vi Wolfgang, de costas, na Amalienstrasse e o reconheci imediatamente. Ele pensava tão forte, que pontuava as reflexões com gestos impetuosos, como se falasse. Desapareceu no torvelinho de neve que vinha de uma casa fechada ao meu encontro.

Ponte sobre o Iller, o caminho leva a Beuren através da floresta. De repente, uma grande clareira. Ao redor, a floresta espreita, grande, negra, rígida e silenciosa como a morte. Do fundo da mata vem o guincho do busardo. Ao meu lado, uma cova cheia d'água, na qual bóiam longos ramos de capim. A água é tão transparente, que me surpreendo de não estar congelada. Com a bota, jogo na poça uns pedacinhos de gelo: havia na verdade uma fina superfície congelada, transparente como uma parede de aquário. Nunca vi tamanho abandono. Um pouco mais para dentro da floresta, dei com uma capela numa encruzilhada. Os degraus levavam a uma poça d'água clara, congelada, cujo fundo estava coberto de folhas de carvalho sujas. Mas que silêncio à minha volta!

No chão de asfalto, as minhocas tentam escapar do gelo. Estão todas fininhas e esticadas. Um pica-pau bica uma árvore. Paro um pouco para ouvir, porque isso me acalma. Pouco à frente, no lugar mais solitário, na mais completa solidão, vi uma raposa, com a ponta da cauda tingida de branco. Schwüpflingen — Bihalfingen — sento-me sob o abrigo do ponto de ônibus. É recreio na escola aqui perto. Veio uma criança, me cumprimentou e saiu correndo. O pastor me deu uma palavra ao passar. A escola engoliu as crianças. Os pardais no telhado degelam gotejando. Nas macieiras sem folhas no alto da colina, ainda há maçãs congeladas.

Laupheim, bar da estação: comprei o *Süddeutsche*.⁶ Não faço a menor idéia do que está acontecendo no mundo. Obtive a confirmação de que hoje é quarta-feira, como calculava. Untersulmetingen, depois pelo bosque, um bosque silencioso, com trevos verdes no chão molhado de neve. Enquanto eu defecava, passou uma lebre ao alcance da mão e nem me olhou. Álcool canforado na coxa esquerda, que dói desde a virilha, a cada passo. Precisava ser tão dolorosa esta caminhada? Eu mesmo me encorajo, já que ninguém me encoraja. Bockighofen — Sontheim — Volkertsheim. Em Sontheim, um policial fez uma cara esquisita quando me viu e pediu meus documentos. À noite vai ser duro, o lugar é hostil. Indústria, cheiro de podre, silagem, bosta.

---

6. NT.: Jornal diário de Munique.

Quinta-feira, 28.11.74

Pernoite num palheiro, atrás de Volkertsheim. Embora ainda fossem quatro e meia, resolvi ficar ali, pois não havia nada mais no horizonte. Que noite! A tempestade era tão violenta, que sacudia todo o barracão, apesar de solidamente construído. A chuva e a neve espirravam pelo topo do telhado, e eu me enterrei na palha. Uma hora acordei com um bicho dormindo na minha perna. Quando me mexi, ele ficou ainda mais assustado do que eu. Acho que era um gato. Não me lembro de algum dia ter presenciado tempestade tão brutal. Manhã negra, de sombras. Só depois de uma grande desgraça, de uma grande epidemia pode nascer uma manhã assim tão escura e fria nos campos. A cabana por fora, no lado mais exposto ao vento, ficou soterrada na neve. Nos campos, negro profundo com linhas brancas de neve. A tempestade foi tão forte, que os flocos não caíram dentro dos sulcos do arado. Nuvens espessas sucedem-se. Até os morros baixos, com uns cem metros de altura, estão brancos de neve. As perdizes só se distinguem da paisagem quando levantam vôo. Francamente, nunca na minha vida vi tamanha escuridão. Nas placas de sinalização formou-se uma camada de neve, que agora já deslizou um pouco, mas permanece grudada. Perto de Rottenacker, alcancei o Danúbio. A ponte me pareceu tão pitoresca, que fiquei ali muito tempo, olhando a água correr. Um cisne de manchas cinza lutava contra a corrente sem sair do lugar, pois não conseguia nadar mais rápido do que ela. Atrás dele, havia as pás de um moinho, na frente, junto a uma ribanceira, a água descia em forte declive; restava-lhe assim um pequeno campo de ação. Depois de ficar algum tempo esperneando e marcando passo, o cisne teve de voltar para a margem. Peças de máquina, sujeira das rodas de trator, ventania, nuvens baixas. De repente fico rodeado de crianças: a aula terminou. Na saída da aldeia, elas me observam e eu as observo.

Munderkingen. Recomeçam as dores na coxa esquerda desde a virilha. Fico irritado: não fosse isso, tudo iria bem. Aqui fazem a feira anual de gado. Camponeses com botas de borracha, carretas de porcos, vacas por toda parte. Comprei um gorro, uma touca de chuva, um pouco apertada e rigorosamente horrível. Depois, um par de ceroulas. Um pouco além do povoado, uma igrejinha e, bem a seu lado, um *trailer* habitado. Um velhinho saiu de dentro dele e se curvou longamente sobre as roseiras nuas, amarradas a estacas. Despi-me num canto da igreja. O vento fez rodopiar sobre minha cabeça a última folha de uma árvore. Ao longe, tiros de canhão e de aviões-caça: era assim que minha mãe descrevia o começo da guerra. A alguns quilômetros de distância, um caça em vôo rasante acertou numa sebe, e a sebe inteira abriu fogo. Eram, na verdade, blindados camuflados, manobrando em grande velocidade e atirando sem cessar, enquanto o caça atacava de todos os ângulos imagináveis.

Uma estrada feia, depois Zwiefalten. Os Alpes Suábios começam aqui, mais para o alto tudo está submerso em espessa neve. Fiquei calado enquanto a camponesa me contava da nevasca. Geisingen. Nessas aldeias desleixadas, só gente cansada, que não espera mais nada da vida. Silêncio branco, o negro dos campos aponta na neve. Em Genkingen, portas batendo ao vento através dos anos. Vi pardais num monte de estrume seco. A água do degelo escorre nas valetas. As pernas vão andando.

Passando Geisingen, começa a chuva de neve. Aperto o passo, se parar congelo imediatamente, pois estou molhado até os ossos. Assim pelo menos solto vapor. Tenho que me firmar contra as fortes rajadas de neve molhada, que me atacam de frente e às vezes de lado. Onde bate o vento, fico logo coberto de neve, como um pinheiro. Ah, bendito gorrinho! Em fotos velhas e amareladas, aparecem os últimos Navajos, envoltos nas capas e encolhidos sobre os cavalos, indo naufragar na tempestade de neve. Essa imagem não me abandona o espírito, e me faz recobrar o ânimo. Num minuto a estrada ficou soterrada na neve. Debaixo da tempestade, um trator com os faróis acesos atolou em pleno campo. O camponês já desistiu de tirá-lo dali e está parado junto dele, perplexo. Nós dois, os fantasmas, não nos cumprimentamos. Ai, que caminho difícil! E esse vento que me atira a neve ardente em pleno rosto, bem na horizontal! Ainda por cima, sempre subidas, mas mesmo na descida tudo dói. Estou voando em esquis, meu corpo, inclinado para frente, paira sobre a tempestade. Os espectadores são uma floresta imóvel, como estátuas de sal; a floresta está boquiaberta. Vôo, vôo sem parar. As árvores gritam: "Mas por que ele não pára?" Penso: é melhor continuar voando, para ninguém perceber que minhas pernas, tão machucadas e enrijecidas, vão se esboroar como gesso na aterrissagem. Não deixar transparecer, seguir voando. Vi um vinhateiro anão de trator. Depois meu menino auscultou meu peito para ver se o coração ainda batia. O relógio que lhe dei também está andando, diz ele, faz tique-taque. Eu sempre quis ter, por causa da paisagem, um postal da barragem que se rompeu, perto de Fréjus. Em Viena, a ponte sobre o Danúbio que desmoronou foi-se deitando lentamente na alvorada, como um velho ao adormecer — segundo uma testemunha que ia atravessá-la naquele instante. Milharais ao redor, antes de tudo um convite à reflexão.

O tornozelo direito vai de mal a pior. Se continuar inchando, não sei o que farei. Corto as curvas que levam a Gammertingen, uma descida íngreme de doer. Numa volta brusca à esquerda, descubro de repente o que significa menisco, uma palavra que eu só conhecia na teoria. Estou encharcado de forma tão dramática, que hesito muito tempo, antes de entrar num albergue. Mas a necessidade me obriga a vencer o profundo horror. Hailé Sélassié foi executado e seu corpo cremado junto com um galgo, um porco e uma galinha, também executados. Pois isso faz sossegar.

Sexta-feira, 29.11.74

Noite nada boa, amanheci meio dolorido. Telefonei do correio. Até Neufrau, um caminho feio e movimentado por entre morros. É praticamente impossível cortar pelos campos. Uma tempestade medonha cobriu de neve todo o alto de Bitz. Passando Bitz, bosque acima, começa um alucinante turbilhão, os flocos de neve vem girando em redemoinho, até mesmo dentro do bosque. Lá fora, em campo aberto, não me arrisco mais, a neve bate na horizontal. E dizer que ainda nem é dezembro, há muitos anos não acontece algo dessas proporções. Um caminhão na estrada me dá carona e segue no ritmo do andar, com a máxima cautela. Ainda empurramos às pressas um carro atolado na neve. Em Trudelfingen, vejo que é impossível prosseguir com um temporal tão furioso. Tailfingen, de novo num albergue, penduro as chuteiras. O dia inteiro parado, nenhum gesto, nenhum pensamento, fico em suspenso. A cidade é terrível, grande quantidade de indústrias, turcos desesperados, uma só cabine telefônica. Também uma enorme solidão. A esta hora, meu pequeno já deve estar na cama, segurando a borda da coberta. Fiquei sabendo que hoje estréia o filme no Leopold, não acredito em justiça.

Sábado, 30.11.74

Ainda em Tailfingen. Tudo começou num túnel, onde a polícia multava os carros estacionados. Passamos por eles berrando e fazendo gestos obscenos. Assim que chegasse em casa, eu queria fazer uma limpeza no carro e já no caminho fui jogando tudo fora, principalmente a papelada velha. No meio daquela tralha, achei de repente duas revistas da polícia com as fotos mais lindas que já vi. Fotos de um país que me tirou a fala. Mas como foram parar numa publicação da polícia? Entrei nesse país por um caminho magnífico, sob um magnífico grupo de árvores gigantes. Lá em cima no cume, havia uma casa magnífica, um verdadeiro palácio, de teto plano e construído simplesmente com casca de árvore e bambu, mas absolutamente magnífico. Ouvia-se o palrar dos papagaios e a seguir das mulheres e crianças. Em cima, alguém estava comendo nozes e jogando as cascas para baixo. Percebi de repente que se tratava do palácio de Lon Nol, no Camboja. Mas um pensamento me atormentava: como era possível tudo aquilo se ele tinha ficado paralítico num ataque apoplético? Vi então estacionada a *motor-home* dos Richthofen, o pai era D. H. Lawrence. Na frente, no banco do motorista, estavam deitadas as crianças: uma menina de onze anos e um menino de dez. Os pais dormiam atrás. As crianças se levantam para fazer xixi, e nisso passa, silencioso, um carro militar, à frente de um estranho pelotão que não devia ser visto. Não descobrem as crianças porque elas estão à sombra de um arbusto. Passa um cortejo de macas com feridos tão horrivelmente desfigurados, que os escondem dos olhos da população. As enfermeiras vão junto, segurando bem alto os frascos de soro. Os feridos estão todos ligados em cadeia, de maneira que o soro corre de um corpo para outro até o último. Durante o transporte, um deles morre, e a enfermeira cambojana não percebe. Ao descobrirem, repreendem-na, pois como o soro não pode correr pelo morto, os outros depois dele ficam a seco. Depois passou um biplano, modelo antiquíssimo, pilotado com tanta precisão, que conseguiu colher um lenço do chão com a ponta da asa. Farocki e eu fabricamos bombas de napalm e fomos testá-las ao ar livre, num depósito de lixo: tínhamos uma necessidade urgente de fazer demonstração de horror. Fomos apanhados, mas negamos tudo. Ouvi as gralhas e saltei da cama para abrir a janela. Ainda na penumbra, um bando inteiro voou sobre a cidade. Tudo está branco, a cidade é neve. A manhã emerge da escuridão total, não é um sonho. Antes do grande magazine abrir, um vendedor traz para fora um carrinho com um cavalo de balanço, que em seguida liga à eletricidade. Em toda parte, os lojistas desobstruem a entrada das lojas.

Na saída de Pfeffingen, neve espessa; a água desce do bosque e escorre pela estrada na velocidade do meu passo, uma enxurrada rasinha, com estranhas ondas latejantes, como que salpicadas. Um carro saiu da pista, resvalou num pequeno barranco e foi bater bem na única macieira do lugar. Os rapazes e alguns camponeses achavam que seria possível puxá-lo de volta para a estrada, mas só a força humana não foi suficiente. Num esforço simbólico, chegamos a erguê-lo um pouco.

Decidido: por Burgfelden, em vez de Zillhausen. A neve cai em flocos espessos, mas sem vento, tudo bem. Montanha acima até Burgfelden, era cada vez mais fantástico. Faias gigantescas de copas fechadas, tudo nevado e completamente deserto. Dois camponeses me ofereceram limonada, porque sua única vaca tinha dado pouco leite. Decidido: tomar o atalho que sobe a Schalksburg. Que caminho! Primeiro, neve até os joelhos, impossível reconhecer a trilha. Depois um campo que foi estreitando, estreitando, até terminar numa crista fina; agora a trilha está bem reconhecível. Pegadas de caça. Árvores e arbustos parecem inteiramente irreais, os flocos de neve envolvem até os raminhos mais finos. A névoa se rasga, deixando entrever o cinza e o negro de uma aldeia lá no fundo. Depois, uma ladeira pelo bosque em direção a Frommern. Embaixo, só umidade; parou de nevar. A grama feia, fria e molhada emerge. Balingen, Frommern, tudo de uma feiúra insípida, comparado ao atalho da montanha. Rosswangen, parada num ponto de ônibus. Passa uma criança com um pacote de leite na mão e me encara com tanta segurança, que não tenho coragem de sustentar o olhar.

Depois neve, neve, chuva e neve, neve e chuva, maldita Criação! Para que tudo isso? Estou tão molhado, que evito cruzar com as pessoas que passam no campo lamacento, para não ter que olhá-las de frente. Quando chego numa aldeia, sinto-me incomodado. Diante das crianças, faço cara de ser do lugar. Perto de uma área desmatada do bosque, penetrei num alojamento móvel de lenhadores. Cerveja não tinha, só desordem: embalagens plásticas, óculos de proteção, uma cuba cheia de ácido que me fez abrir a janela para poder respirar. Além do que, o espaço é muito estreito para dormir.

Tailfingen — Pfeffingen — Burgfelden — Schalksburg — Dürrwagen — Frommern — Rosswangen — Dottershausen — Dormettingen — Dautmergen — Täbingen — Gösslingen — Irstingen — Thalhausen — Herrenzimmern — Bösingen. De vez em quando, puxo os bolsos do casaco para fora e os torço como trapos molhados. Tinha casamento no albergue de Irstingen. Nuvens tempestuosas, cinzentas e negras, estendem-se sobre a terra. A neve molhada recobre os campos, cai a noite, tudo está deserto, nenhuma aldeia, nenhuma pessoa, nenhum abrigo. No albergue de Herrenzimmern, há um anúncio de quartos para viajantes. Embaixo, todas as mesas do restaurante, fora a dos *habitués,* estão vazias. Atrás do balcão, um homem pálido e espinhudo, mais ou menos da minha idade. Peço-lhe um quarto para a noite, mas antes de tudo ele me mede de cima a baixo. Vejo que se cortou ao fazer a barba de manhã. É tão espinhudo, que, por cortesia, só olho para suas mãos. Diz que vai averiguar e se esconde atrás da porta para poder justificar a negativa. Lotado!, diz ao voltar, mas está tudo vazio. Os *habitués* parecem aprová-lo em silêncio: não se aluga quarto a um tipo como eu, quem sabe se tem com que pagar? É o que se estampa naquela cara de besta quadrada. E molhado como estou, nenhuma palavra me ocorre.

Em Bösingen, fui acolhido numa casa particular: duas mulheres, uma de certa idade e sua filha, receberam-me de peito aberto, e isso me fez bem. Ofereceram-me chá de hortelã, ovos estrelados e um banho quente. Amanhã, o tempo vai melhorar no decorrer do período, segundo a previsão na TV. A mãe fabrica sutiãs cor-de-rosa em casa, na cozinha há uma porção amontoada. Gostaria de me sentar ao lado dela e observá-la, mas estou muito cansado.

No caminho, apanhei do chão um pedaço de papel: correspondia a um oitavo de uma folha de revista pornográfica, que alguém rasgou em tiras. Tento reconstituir as fotos como eram na origem. De onde vem de repente esse braço, esses membros entrelaçados? Engraçado que as mulheres, embora nuas, estão cobertas de bijuteria barata. Uma delas é loira e seu parceiro está com as unhas estragadas; fora isso, fragmentos de órgãos sexuais.

Domingo, 01.12.74

Um gato desdentado mia na janela; fora, tempo encoberto e chuvoso. É o primeiro domingo do Advento, em apenas três dias poderei atingir o Reno.

Pela primeira vez, um pouco de sol. Pensei comigo: isso vai te fazer bem, mas minha sombra me espreitava, a meu lado e muitas vezes diante de mim, pois eu caminhava para o oeste. Ao meio-dia, ela, a sombra, agachou-se e rodeou minhas pernas, me deu um medo danado! A neve esmagou um carro, deixando-o chato como um livro. Boa parte da neve derreteu durante a noite: aqui, formaram-se grandes manchas; adiante, no alto da colina, o manto de neve permanece intato. Paisagem vasta e aberta, morros entremeados de bosques, os campos ganham de novo um tom pardacento. Lebres e faisões. Um faisão se comportava como um doente mental: dançava, rodopiava, soltava estranhos guinchos, mas não era para acasalar. Não estava me vendo, parecia cego. Se quisesse, poderia tê-lo apanhado com a mão, mas não o fiz. Os pequenos córregos que atravessam a estrada vem das altas pradarias. No meio de um atalho, jorra uma fonte que, mais embaixo, fica do tamanho de um lago. As gralhas brigam por alguma coisa e uma delas acaba caindo na água. Largaram uma bola de futebol de plástico no capim molhado. Os troncos de árvore transpiram como animais. Na saída de Seedorf, sento-me num banco para descansar, porque a virilha está incomodando. Já à noite senti o problema, não conseguia achar posição para a perna. Doze marcos custou a diária com refeição. Contra a luz, os troncos caídos ganham um reflexo prateado. Transpiram. Pintassilgos, busardos. Já desde Munique os busardos me acompanham ao longo do caminho.

Segunda-feira, 02.12.74

Bösingen — Seedorf — Sulgen — Schramberg — Hohenschramberg — Gedächtnishaus — Hornberg — Gutach.

Até Schramberg, tudo parecia em ordem. No albergue, ganso assado, jogadores de skat.[7] Um deles, quando perdia, se levantava irritado e ficava passeando entre as mesas. Subi até o castelo pelo alto das montanhas, em vez de ir por baixo, seguindo o vale do Lauterbach. As fazendas da Floresta Negra surgem sem avisar, e também, sem qualquer aviso, começa um outro dialeto. Parece que errei o caminho várias vezes seguidas, mas depois, examinando o percurso, conclui que tinha voltado à rota certa. O pior é que,

---

7. NT.: Jogo de cartas alemão, entre três jogadores.

quando percebo que estou no caminho errado, não tenho paciência de voltar atrás, prefiro me corrigir com outro erro. Na verdade, estou seguindo uma linha imaginária mais ou menos reta, só que nem sempre posso observá-la exatamente. De forma que meus desvios não são assim tão significativos... A floresta se abriu para um vale elevado. Depois da última fazenda, transpus uma encosta íngreme, no meio da neve, até o Gedächtnishaus. Do outro lado da montanha, retomei a estrada. Uma senhora idosa, roliça e humilde, recolhendo lenha, me aborda. Faz a relação dos filhos, quando nasceram, quando morreram. Ao perceber que eu quero prosseguir, começa a falar três vezes mais depressa, resume destinos inteiros e pula a morte de três filhos — mas sem que depois os deixasse passar em branco. Tudo isso num dialeto que não facilita nada as coisas. Após o naufrágio completo de seus descendentes, não quis mais falar de si, a não ser que recolhia lenha todas as manhãs. Bem que eu teria ficado mais tempo.

Ao descer a encosta coxeando, ultrapassei um coxo. A estrada desce íngreme até Hornberg, sinto o joelho e o tendão de Aquiles. Perto do salto, o tendão está bem inchado, ao tocá-lo, parece-me enfiado num estojo. Na escuridão, sacudi o portão de um estábulo iluminado. Havia duas senhoras ordenhando e duas meninas, uma de dez anos, outra de cinco. A princípio a mais velha ficou muito perturbada, porque, como explicou mais tarde, tinha certeza de que eu era um bandido. Depois ganhou confiança em mim e me fez contar estórias de matas virgens, cobras e elefantes. Ela me sondava com perguntas de algibeira, para saber se o que eu contava era verdade mesmo. A cozinha é muito pobre, o ambiente opressor, mas as duas mulheres não hesitaram em me oferecer um cantinho para dormir. Uma delas se perguntava o que era de Freddy, que cantava tão bem e namorava o violão. Um gatinho preto-azeviche, com uma pinta branca na ponta do rabo, tenta apanhar os mosquitos na parede. A menina mais velha tinha lição de matemática. Dei-lhe a minha faca para passar a noite prevenida, no caso de eu ser mesmo um bandido.

Ao longo do vale do Prech, as montanhas são íngremes, os automóveis raros, tempo nublado e umidade permanente no ar. Subir, cada vez mais alto. Samambaias marrons envergadas colam-se ao chão. Nuvens e neblina se desfiam sobre o caminho. A água do degelo escorre por toda parte. Aqui no cume, ando só entre as nuvens, todas as pedras gotejam. Como sempre, apenas as formas vazias atraem meu olhar: caixas, coisas jogadas. Com os pés, tudo bem. Elzach pelo telefone. Faço meia-volta?

Comi um pãozinho à beira de um poço e fiquei pensando se devia voltar. Enquanto isso, uma mulher e uma menina me observavam, escondidas atrás da cortina e se aproveitando ainda de uma gaiola de periquitos como camuflagem suplementar. Encarei-as tão ostensivamente, que se afastaram. Não vou retroceder, prosseguirei. Biederbachtal, um lindo vale, levemente em aclive, prados, troncos de salgueiro, as belas casas da Floresta Negra. No alto do Oberprechtal, há um bonito moinho d'água, intato como o do livro de leituras do primeiro ano. Uma bicicleta de mulher, quase nova, jogada na água me intrigou longamente. Um crime? Precedido de briga? Imaginei que algo como um drama rural surdo ocorrera ali. Um banco listado de vermelho está mergulhado na água até a metade. Um gato saltou para a lanterna sobre a porta da casa e agora não ousa prosseguir, é muito alto até o chão. Fica balançando levemente ao vento, com a lanterna. O jornal dá que a tormenta atingiu a velocidade de 160km por hora no Feldberg e ultrapassou os 130km nos Alpes Suábios. Agora o tempo está bem mais calmo, é fim de outono, céu encoberto, umidade. Em toda parte, a água pinga, as nuvens baixam, o capim se deita. Vi porcos sob as macieiras. Não havia mais capim, só um atoleiro de onde as enormes porcas retiravam cautelosamente a pata, para mergulhá-la de novo devagarinho, afundando até a barriga na lama borbulhante. Mato a sede nos regatos que correm pelos prados. Em Biederbach tomei a esquerda, isto é, a direção oeste, depois dei um jeito de subir a montanha. Treze e trinta.

Perguntei o caminho a um homem, camponês bem-humorado, que me mandou montar em seu trator, pois ele ia subir um trecho. Prossigo a pé no bosque nevoento, até o pico do Hühnersedel. Poderia ver dali toda a redondeza, não fosse o patético amontoado de nuvens. Desci pelo bosque solitário, com pinheiros derrubados cortando todo o caminho e água pingando dos galhos. De repente, lá embaixo, na fronteira das nuvens, um descampado, um vale. As colinas vão se aplainando, e percebo que, de um modo geral, a Floresta Negra ficou para trás. Nuvens escuras vem do oeste, mas comigo tudo vai às mil maravilhas, exceto a boca, que já está farinhenta de sede outra vez. Ao redor, a solidão do bosque em negro profundo, silêncio de morte, só o vento se agita. Embaixo, a oeste, o céu está laranja-mel, como se preparasse uma pancada de granizo; mais no alto, o cinza e negro da neblina. De repente, uma enorme pedreira vermelha. Vista de cima, é uma cratera, no fundo da qual uma escavadeira inútil enferruja na água vermelha. Ao lado, um caminhão enferrujado. Ninguém, nenhuma alma, silêncio opressor. Mais sinistro ainda é a luz de querosene que brilha no meio daquilo tudo. Flameja, o fogo fantasma, vento. Embaixo, na planície laranja, vejo as estrias da chuva, enquanto o céu anuncia num relâmpago o desmoronamento do mundo. Um trem percorre a terra e atravessa as montanhas. As rodas ardem. Um vagão se incendeia. O trem pára, tentam apagar o fogo, mas já é tarde. Decidem tocar em frente, depressa e sempre em frente. O trem arranca e prossegue em linha reta na escuridão do cosmo. No negro profundo do universo, flamejam as rodas e flameja um só vagão. Começa uma inacreditável precipitação de estrelas, mundos inteiros desabam juntos sobre um mesmo ponto. A luz não pode mais escapar, mesmo a total escuridão aqui atuaria como luz, e o silêncio como estrondo. Nada mais preenche o universo, é o bocejo do mais negro vazio. Vias lácteas se condensam em não-estrelas. Uma bem-aventurança se espalha, e da bem-aventurança nasce agora coisa nenhuma. A situação é esta. Uma nuvem de moscas e outros bichos fica zunindo ao redor da minha cabeça, e não adianta espantar com a mão que eles continuam me seguindo, sedentos de sangue. Como posso fazer compras? Vão me tocar do supermercado, junto com a minha bicharada voadora. Um raio risca fundo o céu preto-laranja e fulmina justamente Binho-Moinho, cujo único amigo era João-Trovão. Binho passou anos preso numa divisão de tábuas do sótão do rancho, porque na parte de baixo sua mulher mantinha uma ligação com João-Trovão. Eles pregaram tábuas na porta, e Binho nem reagiu, pois lhe traziam sopa nas refeições.

Faz bem a solidão? Sim, faz. Só que as perspectivas são dramáticas. A repugnante proliferação já se concentra de novo à beira-mar.

Terça-feira, 03.12.74

Dificuldades para passar a noite. Quando no escuro tentava arrombar uma casa, perdi minha bússola, que caiu do cinto sem eu perceber. Tinha me apegado a ela desde o Saara, foi uma perda dolorosa. No alto do morro, na boca da noite, dei com um grupo de homens que esperavam à beira do mato, estranhamente imóveis, de costas para mim. As serras elétricas ainda funcionavam no bosque, embora o horário de trabalho já tivesse terminado. Ao me aproximar, percebi que se tratava de detentos destacados para cortar lenha, esperando a condução. Também estava ali o inspetor, todo de verde. Mais tarde, várias peruas Volkswagen gradeadas me ultrapassaram.

Sento-me à beira do Reno. Tomei a balsa em Kappel, águas calmas, tempo calmo, quase ninguém.

Está nublado, não dá para ver os Vosgos. À noite, dormi em Münchweier, num celeiro no meio da cidade. Só bem em cima ainda havia um pouco de palha, armazenada ali já há uns dez anos, com certeza. Estava empoeirada, nem dava para sacudir, um péssimo leito. Na casa em frente não tinha ninguém, porém mais tarde abriram a porta e vieram pegar madeira debaixo de onde eu estava. Escutando com atenção, tive certeza de que quem recolhia madeira era de idade, um homem, com mais de setenta anos, e o que recolhia era madeira.

Grande número de corvos voa para o sul. O gado, inquieto, sapateia no carreto. Para mim, o Reno se parece com o Nanay, embora não tenha nada que lembre o Nanay. Queria que a balsa tivesse demorado mais para atingir a outra margem, a gente precisa dar conta dessa travessia do rio. Apenas uns três ou quatro carros vão comigo, a água está marrom-clara, nenhum outro barco à vista. Aqui, as cidades dormem, mas não estão mortas. Telefonei para M., problemas. Penso muito em Deleau, Dembo, Wintrebert e Claude. Obtive o novo número da Eisnerin. Faltam: uma bússola, pilha para a lanterna e pomada; fora isso, tudo em ordem. Está bem quente. Pardais e crianças em Boofzheim. Digo: sede.

Comprei leite na loja, já é o segundo litro hoje. As crianças, aqui no *self-service,* disfarçam, passam a mão nos gibis e vão correndo ler no chão, num cantinho onde a caixa não as possa enxergar pelo espelho redondo. Embriago-me de leite. Galos cantam, portas batem, sol; paro para descansar no banco em frente à igreja.

Terreno plano, à minha volta, só gralhas gralhando. Uma hora desconfio seriamente que perdi o juízo, pois ouço tantas gralhas e vejo tão poucas. Silêncio mortal ao redor, até onde posso ouvir, mas lá vem o barulho das gralhas. O contorno vaporoso da Cadeia dos Vosgos começa a se desenhar. Na planície, dois parques de diversão, com roda-gigante, trem-fantasma, castelo medieval, tudo completamente deserto e fechado, como que definitivamente. No segundo parque, há também um zoológico: um laguinho com gansos e, ao fundo, um cercado de corças. Um trator transporta feno. Os monumentos aos mortos de guerra são minha pousada. As camponesas conversam muito entre si, os camponeses estão mortos de cansaço. Toda hora vejo ônibus desativados. Então digo: prosseguir.

Em Bonfeld, as crianças de um jardim da infância me rodearam, achando que eu era francês. Vai ser difícil um lugar para dormir. No trecho final até Barr — um par de quilômetros — uma mulher me deu carona; até que não foi mal, pois pude comprar uma bússola antes de se fechar o comércio. É do tipo cuja agulha bóia num líquido, só que ainda não ganhou minha amizade. Na mata pelada, os operários cortaram ramos e fizeram uma fogueira. Também amarraram muitos ramos em feixes. Mesmo aqui na cidade as gralhas continuam gralhando na minha cabeça. Pela primeira vez, fora o cansaço, não tenho nenhuma reclamação quanto às pernas; de vez em quando, talvez, um probleminha no joelho esquerdo. O tendão de Aquiles direito já não tem mais aquele aspecto crítico, desde que comecei a usar toda a esponja que tinha em volta do tornozelo, no lugar onde a bota dobra, e a amarrar o cano com o máximo cuidado. Preciso lavar a camisa e a camiseta hoje: estão com um cheiro de corpo tão forte, que me obrigam a fechar o casaco quando encontro gente. Meu consumo de líquido é muito alto: hoje, dois litros de leite, meio quilo de mexerica, e logo depois já estava de novo com tanta sede, que a saliva ficou pegajosa, grossa e branca como a neve. Quando me aproximo de outras pessoas, enxugo os cantos da boca, porque tenho a sensação de estar espumando. Cuspi no rio Ill, e o cuspe flutuou como um chumaço compacto de algodão. Há momentos em que a sede fica tão grande, que só penso em termos de sede: a fazenda no fim da curva terá certamente um poço; por que esse bar está fechado justo hoje, terça-feira, quando eu precisava com mais urgência de uma cerveja ou uma coca? Esta noite mesmo vou lavar a camiseta — é a que Nuber, do Offenbacher Kickers, usou em sua partida de despedida. Talvez siga pelo rio Aube, não sei onde ouvi dizer que o Aube é bonito. O senso de humor da gente daqui provém de milênios de vida sedentária. Algo me diz que é melhor a Alsácia pertencer à França.

A imagem daquele monte de lixo na planície não quer me sair da cabeça de jeito nenhum. Vi-o de longe e fui andando cada vez mais depressa, até ficar como que tomado por um medo mortal, pois não queria que um carro me ultrapassasse antes de eu chegar lá. Alcancei o monte de lixo ofegante da correria e demorei um bom tempo para me restabelecer, embora o primeiro carro só tenha passado alguns minutos depois. Ali perto, dentro de uma fossa de água suja e gelada, havia uma carroceria de automóvel, com as portas, o cofre e o porta-malas escancarados. A água alcançava as janelas. Nem sinal do motor. Tenho visto tantos ratos, já perdemos a noção de quantos há sobre a Terra, é incalculável. Os ratos chiam baixinho no capim rasteiro. Só quem anda os vê. Nos campos cobertos de neve, eles cavaram túneis entre a grama e o gelo; onde a neve já derreteu, pode-se ver os caminhos sinuosos. É possível fazer amizade com os ratos.

Numa aldeia antes de Stotzheim, estava sentado nos degraus da igreja, com os pés extenuados e o peito oprimido pelas preocupações, quando na escola ao lado uma janela se abriu — uma criança recebera a ordem de arejar a sala. De lá comecei a ouvir uma jovem professora vociferar com os alunos. Para não perceberem que uma testemunha desses gritos horrendos estava sentada sob a janela, fui-me embora, apesar de mal conseguir colocar um pé na frente do outro. Caminhava em direção a uma chama, sempre diante de mim aquela chama, como uma parede incandescente. Era um fogo do frio, um tipo que produz frio em vez de calor, que transforma instantaneamente a água em gelo. O pensamento do fogo virando gelo resulta em gelo na velocidade do pensamento. A Sibéria nasceu exatamente desse modo, e as auroras boreais são os últimos lampejos do fenômeno. Eis como se explica. Certos sinais no rádio acusam isso, principalmente os *breaks*. Também na televisão, quando encerram a programação, o ruído e os pontos dançando significam o mesmo. Agora ouço uma ordem: recolher todos os cinzeiros e manter a linha! Os homens falam de caçada. A garçonete enxuga os talheres. No prato, a pintura de uma igreja. À esquerda, sobe um caminho, e nele move-se calmamente uma mulher em trajes típicos; a seu lado, já de costas para mim, uma moça. Desapareço com as duas na igreja. Na mesa do canto, uma criança faz a lição de casa. Toda hora pedem cerveja Mutzig. O patrão cortou o dedo no machado dias atrás.

Quarta-feira, 04.12.74

Manhã imaculada, clara e fresca. A planície está toda esfumaçada, mas nela a vida se faz ouvir. Diante de mim, as montanhas, inteiras e claras, e o leve nevoeiro deixam entrever a meia-lua fria da manhã, face a face com o sol. Caminho em linha reta, com sol de um lado e lua de outro, é sublime! Vinhedos, pardais, tudo tão fresco! A noite foi bastante ruim, depois das três não pude mais dormir; pelo menos, de manhã, as botas não estavam incomodando e as pernas iam bem. A fria fumaça da fábrica sobe calmamente na vertical. Estarei ouvindo corvos? Sim, e também cães.

Mittelbergheim, Andlau. Ao redor, paz total, névoa, trabalho. Em Andlau, há uma pequena feira. Um poço de pedra, igual a nenhum outro de minha existência, me oferece pousada. A viticultura sustenta tudo aqui, é a base econômica do lugar. Na igreja de Andlau, o padre canta a missa, com um coro de crianças agrupado bem perto dele; só algumas senhoras acompanham o serviço. No exterior, um friso com as mais grotescas esculturas romanas. Na saída da aldeia, casas de veraneio trancadas e vedadas por causa do inverno. Mesmo assim, seria bastante simples arrombá-las. Ali, uma fileira de viveiros secos de peixe, que não resistiram à invasão da grama e nem do mato. Uma subida acompanhando o riacho.

Manhã perfeita. Em perfeita harmonia comigo mesmo, enfrento a encosta a passo firme. Penso forte que estou voando em esquis e me sinto leve, como se pairasse. Em toda parte, mel, colméias e, rodeando o vale, casas de veraneio solidamente fechadas. Procurei a mais bonita, pensando se devia entrar logo e passar o dia todo ali; mas estava bom para andar, e eu prossegui. Pela primeira vez não me dei conta de que estava andando: subi até o alto do bosque mergulhado em pensamentos. Claridade e frescor perfeitos no ar, mais para cima há um pouco de neve. As mexericas me deixam completamente eufórico.

Cruzamento. Daqui para frente, má sinalização. Em toda a volta, golpes nas árvores e a fumaça azul das fogueiras dos lenhadores. Continua fresco, e há orvalho na grama como se fosse de manhã. Praticamente nenhum carro até agora. Só metade das casas é habitada. Um lobecão preto retinto não me despregava os olhos amarelos. Ouvi um barulho de folhas esvoaçando atrás de mim e pensei: "agora é o cão", apesar de saber que estava acorrentado. O dia inteiro, a mais perfeita solidão. Um vento claro faz a copa das árvores farfalhar; o olhar alcança bem longe. Esta estação já não tem mais nada a ver com as coisas terrestres. Sem fazer barulho, grandes pterossauros deixam sobre mim sua fumaça condensada, apontando exatamente o oeste. Estão voando para Paris, e meu pensamento voa com eles. Tantos cães, de carro a gente não repara nisso, nem no cheiro das fogueiras, nem nos gemidos das árvores. Os troncos descascados transpiram. De novo minha sombra se alonga diante de mim. Bruno[8] foge uma noite e penetra numa estação de teleférico abandonada — devia ser novembro. Puxa a alavanca que põe os cabos em movimento e a noite inteira o teleférico funciona desvairado, todo o circuito fica iluminado. De manhã, a polícia prende Bruno. A história deveria terminar assim.

Cada vez mais alto, logo alcanço a linha de neve, que começa a mais ou menos oitocentos metros de altura; depois, mais para cima, a linha das nuvens. Vem chegando a névoa úmida, escurece e o caminho termina. Num sítio, peço informação: sim, diz o camponês, devo subir pela neve, depois pelo bosque de faias e vou cair com certeza na estrada Le Champ du Feu. A neve está semiderretida, as pegadas vão diminuindo até sumirem completamente. O bosque está úmido de cerração, percebo logo que não vai ser gos-

---

8. NT.: Personagem principal do filme *Stroszek*, de W. H.

toso do outro lado da colina. O sítio se chamava "Rancho das Novilhas". Silêncio mortal nas nuvens de neblina. Impossível me orientar pelo lugar, só pela direção. Como não chegasse à estrada, embora já tivesse evidentemente atingido o pico, detive-me no meio do bosque: no fim, são pinheiros que encontro, fico perplexo. Uma pesada neblina cai sobre mim. Tento descobrir onde foi que errei; não há outro jeito senão prosseguir para oeste. Ao guardar o mapa, reparo que há detritos no bosque: uma lata de Motoroil vazia e outras coisas que as pessoas atiram dos carros. Concluo então que a estrada só pode estar a uns poucos trinta metros de mim, mas na cerração mal consigo enxergar a vinte metros, e com nitidez apenas alguns passos à frente. Ao norte da estrada, na mais densa neblina, dou numa rotatória esquisita, com uma torre panorâmica no meio, imitando farol. Vento de tempestade, forte umidade de cerração, pego minha touca de chuva e falo em voz alta, pois mal dá para acreditar em tudo isso, depois de uma manhã tão linda. De vez em quando, vejo três faixas brancas na estrada à minha frente, nunca além disso, e às vezes só o que está bem próximo. Grande dúvida: seguir a estrada para o norte ou para o sul? No final das contas, percebi que as duas possibilidades dariam na mesma, pois saí entre as duas estradinhas para oeste. Uma vai a Fouday por Bellefosse, a outra desce por Belmont. Encostas íngremes, vento cortante, cadeiras de esqui vazias. Mal vejo a mão diante do rosto, não é modo de falar, mal a vejo. Vocês, ninho de víboras, como podem falar do bem, quando não passam de gente ruim? Queria acender uma fogueira, aliás adoraria que já estivesse acesa. Só temo que vocês ainda não tenham sal. Nesse meio tempo, a tempestade se aproximou, os cinturões de névoa, cada vez mais densos, sucedem-se sobre o caminho. Num bar de turistas, todo envidraçado, há três pessoas sentadas entre nuvens e nuvens, protegidas de todos os lados pelo vidro. Como não vejo garçonete, me fulmina o espírito a idéia de que se trata de mortos, decerto há semanas sentados ali, imóveis. Nesta época, é evidente que o bar permaneceria fechado. Há quanto tempo essa gente estaria ali, como que petrificada? Belmont, um nada como província. A mil e cem metros de altura, a estrada começa a descer, acompanhando os meandros de um córrego. Mais lenhadores, mais fogueiras fumegantes, depois, a setecentos metros, acabam-se de um golpe as nuvens, dando lugar a uma garoa sem graça. Na descida pelo bosque úmido, tudo cinza, abandonado pelo homem. Como em Waldersbach as possibilidades de invadir uma casa são nulas, aperto o passo para encontrar alguma coisa em Fouday, antes de escurecer. Lá, também, quase nada; então me decido por penetrar num albergue fechado de todos os lados, bem no meio da cidade, entre casas habitadas. Nisso passa uma mulher e fica olhando para mim em silêncio. Então deixo para lá.

Fora da cidade, paro para comer num restaurante de beira de estrada. Um jovem casal entra, e a meia dúzia de pessoas que está ali fica espreitando de uma maneira estranha e surda, como nos *westerns*. Na mesa ao lado, o homem adormeceu com o vinho tinto, ou será que está só fingindo e espreita também? A sacolinha esportiva, que eu quase sempre penduro no ombro esquerdo e que dá no quadril, com o galeio da caminhada fez um buraco do tamanho do punho no pulôver debaixo do casaco. Durante o dia quase não comi: mexericas, algum chocolate, água eu bebi dos riachos, na postura dos bichos. A comida já devia ter chegado: vai ser lebre e sopa. No campo de aviação, um prefeito foi decapitado pelo helicóptero do qual desembarcava. Um chofer de caminhão, com chinelos de salto gasto e olhar desconfiado, leva um Gauloise completamente torto à boca, tragando sem endireitá-lo. Estou tão sozinho, que a garçonete resolve me brindar, por cima do silêncio desconfiado daquela gente, com uma palavra interessada. No canto da sala, uma das raízes aéreas do filodendro encontrou apoio no alto-falante do rádio. Lá também há um índio de porcelana, com o braço direito elevado, apontando o sol, e o esquerdo dobrado, sustentando o outro; e uma estátua. Em Estrasburgo, estão passando filmes de Helvio Soto e Sanjines, com dois, três anos de atraso, mas já é alguma coisa. Alguém na mesa perto do balcão se chama Kaspar. Enfim uma palavra, um nome!

    Deixando Fouday, procurei um lugar para dormir, já estava escuro como breu, e úmido, e frio. Os pés também não iam mais. Arrombei uma casa vazia, mais com o muque do que com o tutano, apesar de haver uma casa habitada bem perto. Nesta aqui, parece que há partes em conserto. Lá fora se desencadeia uma tempestade furiosa. Esgotado, extenuado e com o peito vazio, sento-me na cozinha como um enjeitado, pois só ali há uma janela de madeira maciça, que me permite acender a luz sem que fora se note a claridade. Vou dormir no quarto das crianças, pois de lá posso fugir mais facilmente, caso alguém more aqui e volte para casa. É certo entretanto que amanhã cedo vai vir gente trabalhar, em alguns cômodos o chão e as paredes estão sendo arrumados, os pedreiros deixaram até sapatos, ferramentas e casacos de um dia para outro. Esquento o peito com um vinho que comprei no restaurante. De tanta solidão, minha voz não queria sair direito, eu não encontrava o tom certo e só conseguia piar, morri de vergonha. Tratei de cair fora dali. Ai, quantos uivos e assobios em volta da casa, as árvores rugem. Amanhã preciso me levantar cedinho, antes dos homens chegarem. Para que a luz possa me acordar na hora certa, tenho que deixar a asa de madeira da janela aberta. É arriscado, porque podem reparar que a vidraça está quebrada. Sacudi os cacos de vidro da colcha. Ao lado, há uma caminha de criança. brinquedos e também um penico. Tudo isso não tem o menor sentido, fica além de qualquer explicação. Podem me encontrar dormindo aqui na cama, esses pedreiros imbecis! O vento lá fora está revirando o bosque.

Às três da madrugada, levanto-me e saio na pequena varanda: ventania e nuvens espessas, um cenário esquisito e artificial. Atrás de uma costela de terra, as luzes estranhas e pálidas de Fouday. Sensação de absurdo completo. Vive ainda a Eisnerin?

Quinta-feira, 05.12.74

Parti de manhã cedinho. O despertador que tinha encontrado na casa que eu deixava fazia um tique-taque tão alto e traiçoeiro, que voltei para apanhá-lo e, já fora, atirei-o numa moita um pouco adiante. Logo atrás de Fouday, despencou um temporal monstruoso, chuva misturada com granizo; as nuvens negras já não deixavam prever coisa boa. Ainda na penumbra da madrugada, tentei me esconder sob uma árvore. Embaixo, a estrada, e, do outro lado do córrego, um caminho de ferro. Se não era de desesperar! Um pouco à frente, a coisa piorou de vez. Agachei-me sob os pinheiros acima da estrada, enrolado na capa de chuva, que já não adiantava quase nada. Caminhões passam roncando sem se dar conta de mim, o animal debaixo dos galhos. Um rastro de gasolina colorido se espicha estrada acima. Chuva torrencial. Tento me fazer de parte integrante da floresta. Mesmo assim, um camponês de motoneta acabou me descobrindo. Parou, me olhou surpreso e disse: *"Monsieur"*, nada mais. Se olho os grandes pinheiros emaranhados, balançando sob a tempestade e girando como um moinho em câmera lenta, tenho vertigens. Um olhar e pronto: caio desfalecido no meio da estrada. Uma orquestra aparece, mas não está tocando e, sim, perdida numa infame discussão com o público sobre a decadência da música. Um instrumentista, debruçado na ponta de uma longa mesa, com o espírito completamente ausente, passa os dedos entre os cabelos de uma forma tão gozada e patética, que, de tanto rir, fico com dor de barriga. Diante de mim, um arco-íris me enche de repente de uma louca esperança. Que maravilhoso sinal à frente e acima de quem caminha. Todo mundo devia caminhar.

Em Le Petit Raon, placas em memória dos deportados pela Gestapo. Cento e noventa e seis pessoas, deve ter sido pelo menos a metade da aldeia. Estudei longamente as placas, sem perceber que uma moça, numa escada bem próxima, me estudava também. Se a prefeitura estivesse aberta, eu teria entrado e perguntado sobre o ocorrido.

Em Senones, uma igreja totalmente inacreditável. Vozes vindas de um café em frente. Entrei e pedi café e sanduíche, rodeado pelos jovens vagabundos do lugar, matando o tempo ali. Um jogava bilhar tão mal, que, mesmo estando sozinho, trapaceava. Um argelino encabulado sentou-se à minha mesa e não ousava pedir o prato, por não compreender o cardápio. Na porta do café, há um Citroën novinho em folha, com uma grande carga de feno amarrada na capota.

Em Raon-l'Étape, fiquei muito tempo pensando se faria sentido continuar; seriam certamente mais uns vinte quilômetros até a próxima cidade maiorzinha, pois tudo aqui fica longe. Um hotelzinho bonito por fora decidiu a questão: estou mesmo precisando me lavar de novo. Na telefônica, chamei Munique, e as notícias foram melhores desta vez. No último trecho até aqui, era uma jamanta atrás da outra, me deu uma forte agonia. A entrada da cidade acompanhava a estrada de ferro e passava por uma fábrica de papel inóspita, mas a caminho do centro da cidade me desafoguei. No bar, quatro adolescentes jogavam pebolim com uma brutalidade que nunca vi. Aqui, fala-se alto, mas de uma forma agradável. Martje disse que deu tempestade, choveu pedra e que queria fazer maçã assada hoje. Os saltos dos sapatos já estão visivelmente gastos, embora as solas ainda se mantenham firmes. A sacola vai rasgando cada vez mais o pulôver. Hoje, principalmente a caminho de Senones, estava muito deprimido. Longos diálogos comigo mesmo e com pessoas imaginárias. Sobre as colinas, as mesmas nuvens densas e pesadas. As colinas diminuem, também que escolha lhes resta? Com o tendão de Aquiles direito, preciso tomar cuidado: continua com o dobro do tamanho, só a irritação não é mais tão alarmante. Um rapaz com um falso cinturão de pára-quedista — decerto para parecer mais massa-bruta — retira, com uma serenidade calculada, um palito de fósforo dentre os dentes e senta-se diante de três meninas impressionadas. Uma estava com as unhas pintadas de azul-piscina. Uma mulher tem a boca cheia de dentes de ouro. Antes de mim, alguém fumou nesta mesa, é o que o cinzeiro sugere. Apronto frases em francês na cabeça. Se amanhã não chover, farei talvez uns bons sessenta quilômetros.

Sexta-feira, 06.12.74

No bar, as cadeiras ainda estavam sobre as mesas, mesmo assim serviram-me o café-da-manhã de bom grado. A sala está vazia, só na frente há duas faxineiras e, a meu lado, a própria garçonete tomando café. Nós dois olhávamos na mesma direção: para a rua. Gostaria de olhar para ela, mas não ousávamos nos encarar, alguma razão secreta e imperiosa não o permitia. Ela se encontrava — disso estou certo — dominada pela mesma força. Olhava reto para frente, estática. O mesmo impedimento impedia a ambos. Entrei numa fila diante daquela espécie de quiosque ali fora, na esquina; vejo o quiosque à minha frente. Estava na fila para comprar filme para um longa-metragem. Era sábado, o comércio ia se fechar dali a pouco, às cinco horas, e eu queria rodar o filme inteiro no domingo. Tinha de tudo que se imagina no quiosque, até alcaçuz. De repente, às cinco horas em ponto, o cara lá dentro, um gordo de pulôver de gola olímpica, baixou a janela de rolo, fechando a loja bem no meu nariz, mesmo tendo me visto ali na fila há mais de meia hora. No entanto, eu precisava de todo o estoque de latas Kodak de sua loja. Fui imediatamente para a porta lateral do quiosque, tão pequenininha que dava exatamente para uma pessoa passar. Não quero um tablete de alcaçuz, disse-lhe, vou comprar todos os filmes que o senhor tem aí. Então o cara saiu, apoiou-se no muro da casa vizinha e anunciou que já eram cinco horas e estava fechado. Marcava as palavras com gestos tão inauditos e inverossímeis sobre a cabeça, e de forma tão exagerada, que num instante ficou claro que eu poderia esperar até segunda-feira para comprar o filme. Está bem, disse eu, fazendo também os mesmos gestos medonhos, voltarei na segunda. Continuamos ainda naquela mímica horrível, que acompanhava o que cada um tinha na cabeça, enquanto íamos nos separando.

Rambervilliers. A palavra painço, que sempre me agradou muito, e também a palavra vigoroso não me abandonam mais o pensamento. Encontrar uma ligação entre as duas virou uma tortura. Dá para dizer "um passo vigoroso", "cortar painço com a foice" também dá. Mas painço com vigoroso não dá. Uma floresta robusta se apresenta. Num desfiladeiro, dois caminhões estacionam lado a lado, fazendo as cabines se juntarem bem, de maneira a permitir a um dos motoristas passar para a outra cabine sem tocar o chão. Juntos, sem trocarem uma palavra, os dois almoçam. Há doze anos fazem isso, sempre no mesmo percurso, no mesmo lugar. As palavras se esgotaram, mas comida sempre se pode comprar. A floresta termina lentamente, assim como a encosta abrupta. Atravessei muitos e muitos quilômetros de terra despovoada e movediça de um bosque que serviu como campo de batalha na Primeira e na Segunda Guerras Mundiais. A paisagem se abre e se estende. Uma chuvinha indecisa pinga constantemente, quase insignificante. Meu consumo de umidade é enorme, porque dou passadas vigorosas e penso em painço. Tudo é cinza em cima de cinza. As vacas aparecem e já se assustam. Na hora da tempestade brava nos Alpes Suábios, eu atravessava um cercado provisório para carneiros. Ao me verem, os animais, congelados e desorientados, vieram correndo a mim, como se eu trouxesse uma solução, a solução. A confiança que, na neve, os carneiros estampavam na cara era algo que nunca experimentara antes.

Chuva, chuva, chuva, chuva, chuva, mal consigo me lembrar de outra coisa além da chuva. Virou uma garoa perene e invariável, numa estrada sem fim. Nos campos não há ninguém e o caminho prossegue interminável por entre bosques. As pessoas vem de carro até este matagal para se livrar de tudo quanto é refugo: aí estão um sapato de mulher. uma mala, pequena mas provavelmente cheia — não fui ver —, um fogão inteiro. Numa aldeia, três crianças seguiam, numa distância respeitosa, um garoto que levava um peixinho de aquário dentro de um saco plástico com água. Também aqui as vacas disparam ao me ver.

    Nomexy, Nivecourt, Charmes. Nos últimos quilômetros, tomei carona com um senhor, que me deixou um pouco à frente; em seguida, me apanhou uma caminhonete sacolejante, em cuja carroceria rolavam bujões de gás soltos. Recusei o cigarro que me foi oferecido, porque o lento aquecimento do meu corpo molhado já fazia bastante fumaça. O forte vapor que eu exalava embaçou num instante o vidro dos dois carros, de tal maneira, que um dos motoristas teve que parar e procurar um trapo para limpar o pára-brisa: não se enxergava mais nada. Na estrada depois de Charmes, havia uma exposição de *caravans* e *camping-trailers,* agora, no inverno, completamente abandonada e deserta, atrás de uma cerca de arame. Só um dos carros estava mobiliado e tinha uma cama: era a vedete da exposição, um *trailer* enorme que chegava até a estrada, num semáforo onde paravam caminhões a todo momento. Como se não bastasse, ficava erguido sobre um tablado. Todos os outros, bem mais para trás, estavam pelados e vazios. Na vedete, havia até mesmo uma geladeira e uma colcha sobre a cama, com acabamento de seda e rendas. Aproveitando um instante em que não havia nenhum carro parado no farol, arrombei a porta com um só tranco. Quando me deitei na cama, o *trailer* inteiro cambaleou para trás, como um balanço de *playground,* ficando levemente inclinado, com a frente suspensa no ar. Estava calçado só na frente e no meio; atrás, no lugar da cama, não. Levei um susto, e lá fora, no farol, um chofer de caminhão viu tudo, diminuiu a marcha e ficou me olhando com cara de quem não está entendendo absolutamente nada, mas foi embora.

Antes de dormir, meus pés em brasa ainda me levaram até a cidade. Lá havia um desfile, com fanfarra, fogos de Bengala, garotinhas marchando, pais, filhos e, no final, um carro puxado por um trator. Com tochas à mão, os voluntários do corpo de bombeiros rodeavam o carro, em cima do qual um Papai Noel atirava, de uma caixa de papelão, punhados de balas às crianças. Estas se jogavam com tanta avidez para apanhá-las, que dois garotos, atrás de balas caídas um pouco longe, se chocaram com toda a força contra uma porta fechada. O próprio Papai Noel parecia tão demente, que quase tive um acesso. Parte do rosto mal se distinguia debaixo da espessa barba de algodão, e o resto ficava escondido atrás dos óculos escuros. Por volta de mil pessoas se amontoavam em frente à prefeitura, e da sacada o Papai Noel as saudava. Um pouco antes, o trator errara a manobra e batera no muro de uma casa. Os moleques jogavam bombinhas entre as pernas das meninas uniformizadas, que desmancharam a fila e foram juntas fazer xixi no bar mais próximo. Quando o Papai Noel apareceu de óculos escuros na sacada, quase entrei em convulsões, de tanto segurar o riso. Algumas pessoas me olharam esquisito, e eu me enfiei no bar. Ao comer o sanduíche, mordi sem querer a ponta do meu cachecol. O riso estourando por dentro sacudia tanto meu corpo, que a mesa toda chacoalhava. Meu rosto porém não fazia os movimentos do riso, eu devia estar completamente transfigurado. O patrão começou a reparar em mim, então fugi para o *trailer,* para a minha vedete na saída da cidade.

Com a longa marcha, hoje o aspecto do meu pé direito não é nada bom. O tendão de Aquiles está bastante inflamado e sempre com o dobro do tamanho. O tornozelo também está inchado, provavelmente porque andei o dia inteiro no lado esquerdo da estrada de piche. Como a pista tem uma leve inclinação lateral para o escoamento da água, meu pé esquerdo ficava sempre no plano, enquanto o direito se torcia ligeiramente a cada passo. Amanhã não posso me esquecer de atravessar a estrada vez por outra. Enquanto andava nos campos, não notei nada disso. É o núcleo incandescente da Terra que cozinha a sola dos meus pés. Hoje o isolamento é ainda mais intenso que de costume. Desenvolvo um diálogo comigo mesmo. A chuva pode cegar a gente.

Sábado, 07.12.74

Logo ao ver a chuva pesada que caía lá fora, enfiei de novo a cabeça debaixo da coberta. Outra vez, não, por favor! Será que o sol tem que perder todas as batalhas, uma atrás da outra? Somente perto das oito da manhã pus o nariz para fora, já a essa hora completamente desmoralizado. Chuva e umidade impiedosas, na região reina a mais profunda desolação. Colinas, campos, lama, tristeza de dezembro.

Mirecourt, de lá, em direção a Neufchâteau. Havia muito trânsito, e a seguir começou a chover de verdade, aquela chuva absoluta, que dura o inverno inteiro, e que acabou de me desmoralizar, por ser tão fria, hostil e penetrante. Depois de alguns quilômetros, tomei carona, o próprio motorista me perguntou se eu queria subir no carro. Quero, sim, respondi. Pela primeira vez depois de muito tempo masquei um chiclete, que ele me ofereceu. Isso repôs nos trilhos um pouco da minha autoconfiança. Andei mais de quarenta quilômetros de carro, quando um orgulho obstinado me invadiu. Prossegui a pé sob a chuva. Terra submersa em água. Grand não passa de uma aldeia humilde, mas tem um anfiteatro romano. Em Chatenois, que no tempo de Carlos Magno era o centro de toda a região, há uma importante fábrica de móveis. A população está em polvorosa, porque o proprietário da fábrica sumiu de uma hora para outra sem avisar, deixando todo mundo a ver navios. Não se sabe para onde fugiu, muito menos a razão que o levou a isso. Os livros estão em ordem, as finanças em dia, mas o proprietário desapareceu sem dizer palavra.

Andei, andei, andei, andei. Um belo castelo, com fortes muralhas recobertas de hera, se erguia ao longe. As vacas nem se espantavam mais comigo, mas com o castelo. Grandes árvores frondosas, para proteger do calor, e água correndo por toda parte, para rebater o sol. No mar lá embaixo, grandes navios jazem inertes. No castelo, há apenas animais brancos: lebres brancas, pombas brancas, até os peixinhos dourados nos tanques cristalinos são brancos. E o mais incrível: os pavões são albinos, brancos como a neve e com olhos vermelhos-claros. Um pavão faz uma pirueta branca e os outros pavões empoleirados nas árvores piam, mas só quando todos os pios se juntam conseguem prevalecer sobre o chiado da chuva. Em Domrémy, vou desviar um pouco para o norte, quero ver a casa onde nasceu Joana d'Arc. Bosques encharcados ao longo dos córregos. Não vi carvão. Disseram que está saindo briga violenta em todos os cafés.

O caminho para Domrémy não podia ser mais desolador, nem consigo andar direito, vou à deriva. O que seria uma queda para frente, eu transformo em passo. Primeiro, chuva forte; depois só a umidade da neblina. Devagar e sem esperanças, corre o Mosa ao meu lado. A velha estrada de ferro, bem embaixo, ao longo do rio, não funciona mais; a nova passa mais acima, à direita, do outro lado da estrada. O máximo que consegui foi chegar a uma casinha de guarda-barreira. Não tem mais teto, nem janela, nem porta. Lá em cima, na estrada, os carros rodam sob a chuva; mais adiante, no alto, um trem de carga. O piso do primeiro andar segura um pouco a chuva. O papel de parede imitando tijolos despenca em tiras. A lareira definha e apodrece sob as urtigas. Entulhos pelo chão. Nos restos de uma cama de casal com as molas soltas, encontro ainda um cantinho para me sentar. Os pássaros aninham nos arbustos espinhosos e encharcados aqui em volta. Os trilhos de trem enferrujam. O vento varre a casa. A umidade da chuva permanece como um objeto sólido no ar. São cacos de vidro, uma ratazana esmagada, bagos vermelhos na moita nua e molhada diante do vão sem porta. Para os melros, é de novo o tempo em que os primeiros homens pisaram esta terra. Ninguém nos campos, absolutamente ninguém. Minha capa de náilon fino rufla na janela, onde a pendurei para que não entrasse tanta chuva. O rio não faz ruído algum, corre lento e silencioso. Ervas daninhas murchas ondulam ao vento úmido. Uma escada carcomida leva ao primeiro andar, mas ruiria se eu tentasse subir nela. Furgões lá fora, na chuva. Diante da casa, onde havia um canteiro, é agora um matagal, no lugar da cerca há só arame enferrujado. O umbral da porta, molhado e recoberto de algas amareladas, foi parar a um passo do vão da entrada. Quero prosseguir, tomara que não encontre gente. Quando respiro, o ar procura a porta, a respiração vai depressa se juntar ao ar livre.

À beira do caminho, havia máquinas agrícolas à venda, só que não existiam mais camponeses. Uma nuvem de chucas[9] voou para o sul, aliás numa altura bem maior do que costumam voar. Numa bucólica basílica logo à frente, estava enterrado um rei merovíngio desconhecido. Da floresta cinza de velhice vinha uma voz.

Em Coussey, atravessei o Mosa, percorri a estradinha à esquerda, depois subi para a basílica. Fiquei muito comovido. Um vale tão sóbrio, uma sobriedade como a das paisagens dos quadros holandeses. Colinas dos dois lados, o Mosa ondula no vale plano. A oeste, uma vista sem igual, toda em brumas de dezembro. As árvores às margens do rio estão envoltas nos vapores da chuva. O lugar me comoveu

---

9. NT.: Chuca: pequena gralha européia.

e me ajudou a criar coragem. Tentei arrombar uma casa bem ao lado da basílica, mas desisti: estava solidamente aferrolhada e eu iria fazer tanto barulho, que acabaria por chamar a atenção do vizinho. Em Domrémy, rumei para a casa de Joana, que fica pertinho da ponte: então é daí que ela veio! Parei longamente diante de sua assinatura. Estava escrito "Jehanne", mas certamente alguém guiou sua mão.

Domingo, 08.12.74

Estão matando este lugar por descuido. As crianças brincam em volta da igreja. À noite, congelei de frio. Um velho caminha sobre a ponte, sem se notar observado. Vai devagarinho e com dificuldade, sempre descansando depois de uns poucos passos hesitantes. É a morte que caminha com ele. Ainda está meio escuro. Nuvens espessas, não vai ser bonito hoje. O casamento de Till foi no alto de uma montanha recoberta de neve, tive que empurrar a vovó até lá. Erika gritou de cima que era para a gente ficar sentado lá embaixo onde estava. Respondi que, primeiro, ninguém estava sentado e, segundo, onde iríamos nos sentar com toda aquela neve? Entrando a manhã, um carneiro tosquiado e atlético, que tinha se perdido na rua da aldeia, veio até mim, deu um balido e retomou seu trote elástico. Com a aurora começa a gritaria dos pardais. Ontem a aldeia estava indolente como uma lagarta no fio. Hoje que é domingo, já se fechou no casulo. Com o gelo, as minhocas arrebentaram e não apareceram mais no asfalto. Nos alpendres de zinco, onde se toma a fresca no verão, agora se esconde a solidão, pronta para dar o bote.

Domrémy — Greux — Le Roises — Vaudeville — Dainville — Chassey: pesada escuridão de chuva sobre as colinas, mas chuvisca apenas, é suportável. Solidão total, o vale e o córrego são meus únicos companheiros. Sem cessar, uma garça cinza voa quilômetros à minha frente, depois pousa, e, quando me aproximo, voa de novo mais adiante. Vou segui-la aonde quer que vá. A umidade impregnou tudo: casaco, calças, rosto, cabelos. Gotas pendem dos arbustos pelados. As beladonas negro-azuladas estão lambuzadas de lama cinzenta. Em todas as árvores crescem liquens cinza-gelo e às vezes também hera. É uma floresta densa, interminável, selvagem, arrepiante, cinza-gelo. Uma montaria ressoa no fundo do mato, depois surgem os caçadores ao longo da estrada. De um furgão sai uma matilha de cães. Uma cidade meio abandonada, meio decadente, completamente esquecida. As casas são pequenos montes de pedras úmidas, cinza-gelo, desmoronados sobre si mesmos. Devagar vai clareando, mas a umidade do ar permanece, assim como o cinza sombrio da paisagem. Em Chassey, um caminhão suga o leite do depósito para encher seu tanque. Brota em mim uma grande e clara determinação quanto ao meu destino. Vou alcançar o Marne hoje. Cirfontaines vai morrendo aos poucos: casas abandonadas, uma grande árvore já há tempos caída de atravessado sobre um telhado. As chucas povoam a aldeia. Dois cavalos comem a casca de uma árvore. As maçãs apodrecem no chão argiloso e molhado ao redor das macieiras, ninguém as colheu. De uma macieira, que de longe parecia a única com folhas, ainda pendiam misteriosamente os frutos, juntinhos uns dos outros. Não há uma folha sequer na árvore molhada, só maçãs úmidas que não querem cair. Apanhei uma de gosto bastante azedo, mas que me deu sumo contra a sede. Atirei o caroço na árvore e choveu maçã. Quando tudo sossegou e as maçãs ficaram quietinhas no chão, disse comigo: ninguém no mundo pode imaginar tamanho abandono do homem. É o dia mais deserto, mais solitário de todos. Então fui chacoalhar a árvore até esvaziá-la de vez. No silêncio, as maçãs tamborilavam no chão. Ao terminar, despencou um monstruoso silêncio sobre mim, olhei ao redor e não havia ninguém. Estava sozinho. Num lavatório abandonado, bebi um pouco d'água, mas isso foi mais tarde.

Caminhei sobre uma avalanche de neve molhada e, no começo, não me dei conta. De repente toda a encosta começou a se arrastar de um jeito esquisito, o chão me fugia dos pés. Que rastejo é esse, que silvo é esse, perguntei, será o silvo de uma cobra? E a montanha inteira se pôs a arrastar e silvar comigo em cima. Muitas pessoas tinham que pernoitar num estádio; e como os degraus, sobre os quais se apertavam para dormir, eram muito escarpados, uma avalanche humana começou a se precipitar, rolando e escorregando. Eu não tinha onde me segurar, e acabei num córrego, longe de Poissons. Posso até enxergar sua nascente. Este córrego, disse para mim, vai te levar ao Marne. Já escurecera quando atravessei o Marne em Joinville. Primeiro cruzei o canal, depois o rio de águas rápidas e sujas da enxurrada. Ao passar por uma casa, vi que estavam transmitindo uma corrida de esquis pela televisão. Onde vou dormir? Um padre espanhol rezava a missa num inglês ruim. Cantava desafinado num microfone de som distorcido, mas atrás dele, no muro de pedras recoberto de hera, os pardais faziam tamanha algazarra perto do microfone, que não se entendia mais nada do padre. O barulho dos pardais era amplificado centenas de vezes. Então uma menina despencou nos degraus e morreu. Passaram-lhe água fria nos lábios, mas ela preferiu a morte.

Segunda-feira, 09.12.74

Ontem foi o segundo dia do Advento. A segunda metade do trajeto de ontem: Cirfontaines — Harmeville — Soulaincourt — Sailly — Noncourt — Poissons — Joinville. Em Joinville, paira uma conspiração sobre todas as cabeças. Alguma indefinição quanto ao caminho de hoje: posso ir diretamente a Troyes, ou talvez passando por Wassy. As nuvens quase não fizeram diferença de ontem para hoje, sempre chuva e nebulosidade. Ao meio-dia, em Dom-martin-le-France; comi um pouco. O lugar é chato, acidentado, nu, terrenos arados e molhados. A água fria que se junta nos sulcos confunde-se à distância com a água das nuvens. Não é uma chuva de verdade, apenas uma garoa mansa. As cidades ficam longe umas das outras, silêncio, raros automóveis. A andança vai indo. Não me fazem a menor diferença os lugares e a distância que hoje percorrerei.

Do outro lado da estrada, bordeando um campo molhado, veio um enorme cachorro errante ao meu encontro, sem dúvida não tinha dono. Eu lhe disse "auf", e ele veio prontamente até mim e pôs-se a me seguir. Como eu me virava toda hora em sua direção, e ele não queria ser observado, passou a andar atrás de mim, na vala da estrada. Caminhamos muitos quilômetros desta maneira. Quando o olhava, ele parava indeciso e se encolhia na vala. O cachorrão ficava com uma carinha de nada. Quando eu prosseguia, ele prosseguia também. Uma hora, inesperadamente, desapareceu. Olhei longamente ao redor e esperei um pouco, mas não deu mais sinal. "Ama tua cama como a ti mesmo", estava escrito com giz no muro de uma casa.

Há quanto tempo não encontro um lugar sequer para eu me amoitar? Digo comigo: amoitar. É só terra arada cheia d'água, bem debaixo das nuvens carregadas e cinzentas. Os talos de milho se afogaram em tanta água e, envergados, apodrecem. À beira do caminho, reparei num amontoado do tamanho da roda de um carro: era uma grande colônia de cogumelos viscosos, com uma aparência ruim, venenosa e podre de água. Cavalos cinza de velhice formam, nos pastos alagados, um fila de cem mil. Patos na lama das chácaras. Enquanto descansava, notei que uns carneiros me olhavam fixamente. Estavam em fila, e isso se passou defronte a um posto de gasolina. Quando o homem do posto pregou os olhos nos meus, desconfiado, os carneiros se afastaram, apertando-se ainda mais. Aquele ajuntamento tornou-se tão insuportável para mim, que dei minha pausa por mais que suficiente, embora estivesse muito feliz de ter finalmente encontrado um murinho de pedras para me sentar e balançar as pernas. Pela primeira vez hoje vi dois tratores trabalhando a terra no horizonte distante e garoento. Não via ninguém nos campos desde a planície do Reno. Árvores de Natal estão sendo montadas, ainda sem decoração, simplesmente as árvores. Por fim, o terreno se aplainou de todo, vai talvez ficar assim bastante tempo. Hoje a solidão me precedia no ocidente, tão longe, que meus olhos não alcançavam, então se perdeu o olhar. Vi pássaros levantando vôo num terreno baldio, tantos e tantos, que finalmente o ar ficou repleto deles. Os pássaros saíam de dentro da terra, das profundezas, onde está o centro gravitacional. É lá também que fica a mina de batatas. A estrada era um sem-fim tão grande, que me deu medo. Faz uma semana que a chuva e a garoa não me deixam sequer adivinhar a posição do sol. Quando cheguei a Brienne, todo mundo se escondeu na mesma hora, só a mercearia permaneceu aberta, por inadvertência. Em seguida fechou-se também, e o lugar ficou mortalmente deserto. Sobre a cidade, assenta-se, pesado e volumoso, o castelo, cercado de grades de ferro forjado. Lá funciona o manicômio. Hoje, a todo momento eu dizia comigo: bosque. A verdade caminha por si através dos bosques.

Terça-feira, 10.12.74

O dia começa limpo, é uma grande satisfação ver o sol. A água evapora, a manhã efervescente fumega, os campos fumegam. Se levanto os olhos para o céu enquanto ando, sem querer vou desviando para o norte. Logo terminada a aurora, o vapor da terra estava tão baixo e concentrado junto ao chão, que me batia nos ombros. Horizonte vasto, o terreno é quase plano. Uma mulher sarnenta tocava um cachorro sarnento para fora de casa. Ai, meu Deus, como está frio! Que meus pais vivam anos a fio! Burro caiu do décimo andar porque o parapeito da sacada tinha um defeito de construção. Morreu na hora. O dono do hotel, que temia por sua reputação, me propôs, em vista do meu enorme sofrimento, dezenove mil marcos pela minha formação profissional. Que formação, perguntei? É o dinheiro de Judas, não devolve a vida a ninguém.

Todo o percurso — um atalho até Piney — tive-o só para mim. Da garagem onde dormia, escutei alguém roncar no cômodo vizinho. Passado da meia-noite, fez-se um pequeno rumor: fiquei completamente aceso e, por um rápido instante, pensei em fugir. As casas e as pessoas agora são completamente diferentes, mas todas as aldeias já conheceram dias melhores. Numa passagem de nível, encontrei um velho guarda-barreira, que embora já aposentado vem todos os dias com um traço de couro à casinha do guarda-barreira — agora ocupada por seu sucessor — para limpar o interior da caixa de comutação automática. Deixam-no fazer. Devagar, formavam-se novas nuvens, mas os pássaros faziam um rumor harmonioso. Em Piney, comprei leite e mexericas, e parei para descansar no meio da cidade. Ao olhar com atenção, constatei que estava sentado numa baliza geodésica.

Este trecho é perfeitamente reto. Quando se sobe uma colina, vai-se direto para as nuvens. Campos vastos e vazios. Os automóveis deslizam na estrada como que aspirados. Logo depois de Piney, uma patrulha espantada pediu meus documentos. Os guardas não acreditaram em nenhuma palavra do que eu disse e quiseram me prender na mesma hora. Só se esboçou um entendimento através da cidade de Munique. Eu disse *Oktoberfest*[10] e um deles, que já tinha estado lá uma vez, lembrou-se da palavra *Gloc-*

---

10. NT.: Festa de outubro, ou da cerveja.

kenspiel[11] e da palavra *Marienplatz*[12]; era o que sabia dizer em alemão. Depois disso me deixaram em paz. Do alto de uma colina, avistei Troyes bem ao longe. Depois, uma revoada de grous passou sobre mim, numa formação perfeita. Voavam contra o vento forte e mal conseguiam ir mais rápido que eu, a pé. Eram vinte e quatro pássaros grandes e cinza, que de vez em quando soltavam um som rouco. Quando uma rajada atravessava a formação, alguns planavam, outros, arrancados do bando, lutavam para retomar sua posição. Era esplêndido ver como se encaixavam. Como o arco-íris, os grous são uma metáfora para quem caminha. Atrás de Troyes, avistei uma pequena cumeeira, na certa já era a outra vertente do vale do Sena. Os grous viraram de súbito para sudoeste, provavelmente a caminho do parque nacional, que fica daquele lado. Antes de atravessar o Sena, comprei um pacote de leite e o bebi, sentado no parapeito da ponte. A embalagem de papelão que joguei na água vai chegar antes de mim a Paris. Tive que me admirar da naturalidade com que as pessoas se movem. Há quanto tempo não punha os pés numa cidade de verdade! Fui direto para uma catedral, sem conseguir sair do espanto. Rondei ali por fora sobre meus pés doloridos e nada me convencia a entrar, diante de tamanho espanto. Eu estava completamente fora do previsto.

---

11. NT.: Carrilhão.
12. NT.: Praça central de Munique, onde há um famoso carrilhão.

Fiquei com um quartinho minúsculo de hotel e lavei a camiseta, que não estava mais com o cheiro de Nuber em sua partida de despedida do Offenbacher Kickers, mas sim com o meu cheiro. Agora está secando no pequeno aquecedor. As cidades grandes escondem a sujeira e têm muita gente gorda. Vi um gordo numa bicicleta de corrida, um outro numa motoneta, levando um cachorro sarnento sobre o tanque de gasolina, e comprei queijo de uma mocinha gorda, que me tratou como um nobre, embora estivesse inteiramente desfigurado. Duas crianças gordas assistiam televisão; a imagem estava quase irreconhecível de tão distorcida, mesmo assim elas olhavam, fascinadas. Perto do mercado, havia um rapaz de muletas apoiado no muro de uma casa, e meus pés não quiseram mais andar. Com um único e breve olhar, avaliamos o grau de nosso parentesco.

Quarta-feira, 11.12.74

Mais e mais extensões a minha frente. De repente, diante de uma cumeeira, pensei: "olha só, um cavaleiro". Mas, de perto, era uma árvore. Depois vi um carneiro e desconfiei que seria um arbusto, mas era mesmo um carneiro, à beira da morte. Morreu patética e silenciosamente; nunca tinha visto um carneiro morrer. Eu caminhava a todo o vapor.

Já em Troyes, pesadas nuvens acumulavam-se na penumbra da manhã. Começou a chover. Na obscuridade, fui até a catedral e, depois de rodear toda aquela massa escura, dei um solavanco e entrei. Lá dentro ainda estava muito sombrio. Fiquei quietinho dentro da floresta de gigantes escurecidos pelo tempo. Quando saí, caiu um temporal tão forte, que rasgou minha capa de chuva. Saltava de um ponto de ônibus para outro, procurando me refugiar sob os abrigos. Depois abandonei a insuportável via principal, tomando um caminho paralelo, ao longo do Sena. A região era muito desoladora, um subúrbio atrás do outro e só de vez em quando alguma chácara. Os fios elétricos uivavam e balançavam na tempestade, eu caminhava ligeiramente inclinado para frente, para não ser arrancado das pernas. As nuvens não ultrapassavam os cem metros de altitude, era um só amontoado. Numa fábrica, o vigia gritou atrás de mim, porque achou que eu queria penetrar na sua área, quando tentava apenas manter-me distante dos caminhões, que espirravam grandes jatos de água. Ir pelo descampado é totalmente impossível, tudo está inundado e pantanoso. Lá nas áreas de cultivo, a terra é muito pesada. Enrijecido pela intempérie, hoje enfrentei também os rostos com mais facilidade. Os dedos estão tão congelados, que só consigo escrever com muito esforço.

De repente é rajada de neve, raio, trovão, vendaval, tudo de uma vez por cima de mim, e tão rápido, que não deu tempo de encontrar um esconderijo. Meio recostado no muro de uma casa ao abrigo do vento, esperava a coisa lá em cima ir embora. Bem à minha direita, no ângulo da casa, um lobecão fanático enfiou a cara entre as grades do jardim e arreganhou os dentes para mim. Em minutos, um palmo de neve e água cobria a estrada, e um caminhão esguichou tudo aquilo por cima de mim. Logo depois, o sol apareceu por alguns segundos, ao que se seguiu novo temporal. Saltava de abrigo para abrigo. Em Savières, na escola da aldeia, considerei se faria sentido tomar uma condução para Paris. Mas vir de tão longe até aqui a pé, e daí tomar condução? Antes levar a insensatez, se é insensatez, até as últimas conseqüências. Saint-Mesmin, Les Grès. Mesmo com toda a correria, não cheguei até Les Grès, em vista da poderosa muralha de nuvens negras que se aproximou de mim correndo. Enfiei-me na lavanderia de uma casa habitada, sem ninguém perceber. Durante cinco minutos, foi o inferno lá fora. Os passarinhos lutavam contra a saraivada de granizo grosso, que os atacava na horizontal. Em questão de minutos, aquele negócio varreu tudo, deixando um branco atrás de si. Logo a seguir, o sol palpitou incerto e dolorido. Atrás dele já se formava uma nova muralha espessa, negra e ameaçadora. Em Les Grès, pedi um *café au lait,* tremendo da cabeça aos pés. Dois policiais de motocicleta, num uniforme de borracha que os fazia parecer mergulhadores, tinham igualmente procurado refúgio ali. A andança não vai mais. No temporal, tive tal ataque de riso, que entrei no bar com o rosto completamente desfigurado. Na mesma hora me deu medo dos policiais me prenderem e corri ao banheiro verificar no espelho se ainda parecia um homem. Devagar reaquecem-se as mãos.

Andei, andei um longo trecho. Quando mais adiante outra daquelas borrascas me apanhou sem abrigo possível em parte alguma, parou um carro e me levou sob o mau tempo, no trecho até Romilly. Dali, prossegui a pé. Numa pancada de granizo, mais uma vez não conseguindo na pressa encontrar nada melhor, recostei-me numa casa, bem junto à janela. Lá dentro, tão próximo que poderia tê-lo tocado com a mão, um velho lia um livro à luz do abajur. Ele não percebia que lá fora o céu se descarregava, nem que pertinho dele meu hálito embaçava a janela. Meu rosto, que fui mais uma vez conferir no espelho, movido por um pressentimento, já não me era inteiramente familiar. O resto do percurso, poderia fazer nadando. Por que não seguir o Sena a nado? Uma vez, nadei com um grupo de pessoas que fugia da Nova Zelândia para a Austrália. Eu ia na frente, por ser o único a já conhecer o trajeto. Para os fugitivos, não havia outra saída além de nadar; no entanto a distância perfazia oitenta quilômetros. Aconselhei-os a levar bolas de futebol de plástico, como bóia suplementar. Para os que se afogaram, a empresa tornou-se lendária, antes mesmo de começar. Depois de vários dias, alcançamos uma cidade na Austrália; toquei a terra em primeiro lugar, e a seguir o relógio de pulso dos demais foi aflorando na água antes de seus donos. Eu agarrava sobre os relógios e puxava os nadadores para fora. Na terra, deu-se início a grandes e patéticas cenas de confraternização. Sylvie le Clezio era a única dentre eles que eu conhecia. Ao recomeçar a chuva forte, quis me esconder no abrigo de um ponto de ônibus, mas já estava cheio de gente. Hesitei e finalmente me arrastei para o abrigo da escola. Nisso, o portão da entrada de automóveis se fechou ruidosamente, e o professor, que me avistara da sala de aula, acabou saindo, de sandálias e avental azul, e me convidou a entrar. Mas daí já passara o pior, e eu estava muito envolvido na caminhada, para me deter longamente. As distâncias já vencidas eram muito grandes. Ao sair, fechei cuidadosamente o portão de ferro, para que minha partida não chamasse a atenção. Caminhada interminável até Provins. Resolvi fazer uma farta refeição, mas só consegui empurrar uma salada para baixo. Agora, quando tiver que me levantar, será um mamute a se erguer.

Quinta-feira, 12.12.74

Telefonei a Pierre-Henri Deleau, tirei-o da cama. É agora o único a saber que venho a pé. Nangis: trecho inteiramente reto e bom de andar, porque posso ir ao lado da estrada. Cai a neve, suave e fria, depois a chuva. Faz muito frio; contornando a neve, dei num posto policial, que se revelou muito antipático. Plantações colhidas, alamedas, montões de beterrabas destroçadas. Em Provins, de manhã, perambulei muito tempo pela cidade, fiz seguramente uns dez quilômetros ao todo. Vai me dando vontade de acabar de uma vez; no entanto, de Provins até Paris são certamente uns oitenta quilômetros, o que somado aos dez que já andei dá uns bons noventa. Não vou parar de andar até chegar. A noite toda e mais a metade do dia. O rosto queima de frio. Esta noite dormi um pouco melhor, mesmo tendo acordado, como sempre nos últimos dias, às três e meia da madrugada, pondo-me a seguir lentamente em marcha. Na escuridão, comecei pela cidade alta de Provins, e os prédios me fizeram imaginar como os tempos foram sombrios há mil anos. Um ônibus quase vazio me ultrapassou e, no caminho, o motorista abriu as portas a vácuo para jogar fora um toco de cigarro aceso. As portas de trás e da frente se abriram ao mesmo tempo. O motorista faz isso por costume, quase nunca há passageiros, o ônibus vai quase sempre vazio. Um dia, um escolar de mochila, que estava apoiado na porta de trás, caiu na rua, e só foi encontrado horas mais tarde, pois os outros dois únicos passageiros, sentados na frente, não perceberam nada. Mas já era tarde demais, e o garoto morreu na mesma noite. No processo, o motorista não teve nada a alegar em sua defesa. Que dizer?, ficava se perguntando o dia inteiro. De resto, ainda não foi dada a sentença. Minhas mãos, de tanto frio, estão vermelhas como um caranguejo. Andando, ainda e sempre.

Sexta-feira, 13.12.74

Varei a noite caminhando, periferia de Paris. Houve um dia em que meu avô recusou-se a se levantar da poltrona junto à porta, do lado de fora da casa. A paisagem do sítio compunha o pano de fundo, e havia ainda um varal de arame cheio de prendedores, amarrado em duas estacas podres. Os patos patinhavam num buraco cheio d'água lamacenta. A alguma distância, um celeiro e uma casinha, como as que se constroem para ferroviários aposentados. No caminho de ferro, passava trem só uma vez por dia. Meu avô sentou-se numa poltrona de couro, enrolando-se num cobertor até o peito, e desse dia em diante, sem explicação, recusou-se a deixá-la. Como fazia tempo bom, deixaram-no estar. Mais tarde, construíram uma espécie de cabana provisória em volta dele, de tal maneira que as paredes pudessem ser fácil e rapidamente removidas quando fizesse calor. O teto foi recoberto com papel betumado.

Atrás de vovô, o primeiro prédio, passando o sítio, é o albergue. No menu, há inúmeras possibilidades, mas a garçonete diz sempre que isso não tem mais hoje, aquilo outro terminou agora mesmo, que neste momento não há nenhuma carne de porco, pois o fornecimento do açougue é sempre muito falho. Restam apenas peixes, de diversas qualidades. Isso se repete todos os dias, desde que existe o albergue. De fato, as mesas estão separadas por aquários, onde aprisionaram carpas, trutas e também alguns peixes realmente exóticos, entre os quais uma enguia elétrica, capaz de dar violentos choques. Mas esses nunca são tirados dali e preparados em pratos. De onde aparecem os peixes na cozinha é uma incógnita. "Quando me dá fome, é fome mesmo", está escrito em cada aquário, e ao se jogarem migalhas de pão na água, trava-se uma disputa entre os peixes.

Uma vez vovô deixou escapar que todas as suas vértebras lhe pareciam quebradas, só permanecendo no lugar porque ele estava bem apoiado no encosto da poltrona. Se se levantasse, desmontaria inteiro como uma pilha de pedras. Isso era visível na clavícula, pois ele conseguia realizar um certo movimento circular com um ombro e não com o outro — que pretendia fora do lugar. Para vovô, o fato comprovava que sua clavícula esquerda, pelo menos, não estava mais solidamente presa à coluna vertebral.

Por onze anos, meu avô ficou sentado na poltrona, depois se levantou, foi ao restaurante atrás de sua cabana, pediu a refeição, comeu peixe e, quando quis pagar, o dinheiro que trazia no bolso não tinha mais valor, há anos as notas haviam sido substituídas. A seguir, foi visitar sua velha irmã e lá deitou-se na cama, recusando-se novamente a sair. Minha avó já não entendia mais nada, quem sabe a irmã, estivesse entendendo. Todo dia vinha vovó incutir na cabeça de vovô que ele devia se levantar, mas ele não escutava. Depois de nove meses, ela passou a vir apenas uma vez por semana, em vez de todo dia, e assim foi por quarenta e dois anos. Por ocasião das bodas de ouro, ela veio duas vezes numa semana, em dois dias seguidos: é que o aniversário de casamento caía na véspera de sua visita regular. O trajeto era longo, e vovó sempre tomava o bonde. No entanto, depois de muitos anos, os bondes foram suprimidos, os trilhos arrancados e uma nova linha de ônibus inaugurada. Todo o dia de visita, ela trazia as botas de vovô, mostrava-as a ele e tentava convencê-lo a calçá-las e se levantar. Passados quarenta e dois anos, aconteceu um pequeno infortúnio. Com o aperto de passageiros no ônibus, minha avó foi empurrada para fora e perdeu o saco plástico com as botas. Antes de poder recolhê-lo, o ônibus passou por cima. O que fazer? Antes da visita, ela comprou um novo par de botas. Quando meu avô as viu, ficou curioso para saber se iriam apertar. Calçou as botas, pôs-se de pé e foi-se embora com minha avó. Dois anos e meio mais tarde, vovô morreu, depois de uma noitada de boliche, na qual ganhou todas as partidas. Morreu de alegria: foi simplesmente demais para seu coração gasto.

Vista de um grande bosque na tempestade. Chuva o dia todo e, a noite inteira, um frio úmido, entremeado de flocos de neve. Destroços de um reboque, de luvas, que encontrei na caminhada noturna, o acidente, a recepção nos russos. O morro no meio da cidade se formou com o lixo do tempo de Luís XIV. Outrora aquilo era um campo aberto, mas a sujeira foi se acumulando até formar uma colina comum dentro da cidade, hoje com ruas calçadas e arranha-céus.

Procurei a flecha que Claude, há anos, meteu no alto de uma árvore e que ali ficou todo esse tempo, intocada. Mas, segundo ele, a flecha apodrecera e, fazia pouco, caíra no chão. Ele a tinha recolhido, deixando apenas a ponta de aço enfiada na árvore. Os passarinhos a utilizavam como galho e ponto de pouso, e Claude disse ter visto várias vezes cinco ou seis melros ao mesmo tempo empoleirados nela. O limãozinho seco que colheu na primeira árvore de In Gall, depois de atravessar o Saara, ainda está em seu poder. A pólvora e o cartucho para caçada ele mesmo prepara, até a espingarda foi fabricada por ele.

De manhã, eu alcançara a periferia de Paris, mas até os Champs-Élysées seria ainda meia jornada. Cheguei lá sobre uns pés já tão extenuados, que me roubavam os sentidos. Um homem foi atravessar a floresta e nunca mais apareceu. Um homem, numa longa praia, passeava sozinho com um cachorro grande. Teve um ataque cardíaco e, como a correia estava presa no seu pulso, tinha sempre que avançar, pois o cachorro era muito afoito e queria correr. Um homem trazia um pato vivo na cesta de compras. Um mendigo cego tocava acordeom, com as pernas cobertas até o joelho por um cobertor zebrado. A mulher a seu lado estendia uma caneca de alumínio para a esmola. Ela, por sua vez, tinha uma cesta de compras do lado, de dentro da qual um cachorro doente ficava espiando. Cachorro doente traz mais dinheiro. Com freqüência também, através da janela, meus olhos iam dar numa grande praia de areia. Havia ondas fortes, ressaca e só um pouco de névoa na madrugada. Hias[13] diz que enxergava até o fim do mundo. Em breve sentiríamos o hálito daquilo que se chama perigo.

Muitos garçons saíram atrás de um cachorro que fugiu do café. Uma subida leve tornou-se muito íngreme para o velho, que empurrava a bicicleta com dificuldade, cambaleando e bufando. Finalmente, num acesso de tosse, ele pára sem poder mais. Apertada no bagageiro, há uma galinha congelada, do supermercado.

Procurar música peruana: harpa e cantora. Poedeira exaltada, alma transbordando gordura...

---

13. NT.: Personagem do filme *Coração de Cristal*, de W. H.

Sábado, 14.12.74

O que resta a acrescentar: fui ver a Eisnerin, que ainda estava cansada e marcada pela doença. Na certa alguém lhe dissera por telefone que eu vinha a pé, eu não queria contar. Fiquei embaraçado e estiquei minhas pernas doloridas sobre uma segunda cadeira que ela me empurrou. Naquele embaraço, uma palavra me atravessou o espírito, e como a situação por si já era estranha, eu a disse. Juntos, falei, vamos cozinhar um fogo e deter os peixes. Então ela me olhou com um fino sorriso e, como sabia que eu era um homem a pé e, portanto, sem defesa, me compreendeu. Por um instante fino e breve, algo suave atravessou meu corpo exausto. Eu disse: abra a janela, há alguns dias aprendi a voar.